一包书的分量

刘政屏◆著

图书在版编目(CIP)数据

一包书的分量/刘政屏著．--合肥：合肥工业大学出版社，2018.6(2025.4 重印)

ISBN 978-7-5650-3946-1

Ⅰ.①一…　Ⅱ.①刘…　Ⅲ.①散文集-中国-当代　Ⅳ.①I267

中国版本图书馆 CIP 数据核字(2018)第 099964 号

一包书的分量

刘政屏　著

责任编辑	朱移山　孙南洋
出版发行	合肥工业大学出版社
地　　址	(230009)合肥市屯溪路 193 号
网　　址	press.hfut.edu.cn
电　　话	人文社科出版中心：0551-62903200
	营销与储运管理中心：0551-62903198
开　　本	710 毫米×1010 毫米　1/16
印　　张	15.5
字　　数	201 千字
版　　次	2018 年 3 月第 1 版
印　　次	2025 年 4 月第 2 次印刷
印　　刷	安徽联众印刷有限公司
书　　号	ISBN 978-7-5650-3946-1
定　　价	85.00 元

自　　序

这是一本以“书”为主题的书，这一点无论是从章节名还是篇目名可以看得出。这些文字跨度长达十年，但大多数都是2009年至2014年间写的，因为我从2008年开始负责合肥新华书店的营销工作，2010年至2014年担任安徽图书城总经理，因此写了不少与书有关的文字也是情理之中的事。

“读书笔记”收录的是我在安徽图书城的员工读书会里的读后感，要求员工做到的，自己一定要做到，哪怕有些压力也要这样，几年下来，居然很有收获。

“因书结缘”是我与一些文化名家因书结缘后写下的一些文字，属于速写和侧记一类，尽管都是一时一事，判断不一定准确，书写不一定到位，但有其独特的价值。这样的文字，现在反而写不出来了。

“签书聊书”记录的是我主持开展的一些针对皖籍作家的书展和签售会，这些活动通常是人气旺，影响大，如今回顾其策划与开展过程中的一些细节，还是有一些意思的。另外还有几篇我因为工作需要读的一些书的心得笔记。

“沙龙记录”收录的是我几年间参与和主持的一些“读书沙龙”的花絮与琐记。这些读书沙龙不但丰富了书店卖场的活动，更是成为省城文化圈的一道靓丽的风景线。

“书店的事”收集的是我与合肥的三家大书店之间的故事，在北京在国外走访一些书店的所见所思，这类文字不少，但大多是碎片化的，所选的这几篇，也不够全面和到位。

当然还有一些“书外”的文字，杂文随笔一类基本上收录在《就这么简单》里，演绎方言一类大多收录在《享受合肥方言》里，不成熟不合适的文字也有一些，暂且放在一边。

我曾经在 2014 年编写过一套 4 本《以书的名义聚会》系列丛书，收录过这本书的大部分内容，但那本书总的体量过大，多少有些限制了它的传播。

生活中的每一个人都会有他既平凡又独特的生活，大多数人选择“度过加遗忘”模式，在他们看来，过去了的便让它过去，关注当下和未来才是最要紧的事。其实这样挺好，人生的确应该放松一些、看开一些。不过我往往做不到，面对时光流逝，时常心有戚戚焉，总想截留下一些东西，于是想到了文字。

其实没准也是徒劳的，于别人或者更是一种无趣，加之文字上乏善可陈，其在所谓意义上很成问题。

但是我还是把它们集在一起，排排整整，修修剪剪，争取让别人看上去舒服一些。自然也不是没有聊以自信的地方，比如它们基本上是真诚的，甚至还有很动了感情的，相信这些东西会被一些人看出和认可。如果因此会引发一些思考和行动，那自然是再好不过的事情。

说到底，不管是“一包书的分量”，还是“一本书的分量”，都是人性，都是人心。

几句说明：

本书是原《一包书的分量》的精简本，删去后来又收入到其他书里的几篇文章，以及原先“书外”的全部文字。

此次修订，将我 2015 年至 2024 年间写的与卖书、买书、藏书、读书有关的文字结为一集，名曰《与书相伴》，作为附册，随书赠阅。

这篇自序是在原“前面的话”的基础上，加上“后记”的部分内容，文字上只做些许必要的改动，在我看来，原来的书配上原来的序，是合适的。

目　　录

读书笔记 …………………………………………………… (001)

再读纪伯伦 ………………………………………………… (003)

史铁生：一个高度，一种境界 …………………………… (006)

不同寻常的《蛙》 ………………………………………… (008)

我们缺乏的是情怀

——读毕飞宇《人类的动物园》 ……………………… (010)

三个男人的故事

——我读《天行者》 ………………………………… (013)

很多的滋味 ………………………………………………… (016)

《酒楼》里的变与不变 …………………………………… (019)

让人生有一个很好的“完成” …………………………… (023)

说明白话　做明白人

——读《姥姥语录》 ………………………………… (026)

礼仪：一种修养，一种分寸 ……………………………… (028)

信念和原则

——读《从优秀到卓越》 …………………………… (031)

我们都会这样的

——《谁动了我的奶酪》读后感 ……………………… (034)

值得好好琢磨的笑话
——读《笑话中的经济学》…………………………（038）
有关史玉柱的思绪碎片
——读《史玉柱自述——我的营销心得》…………（042）
卖书人也是读书人（外一篇）
——安徽图书城举办员工读书会……………………（047）

因书结缘……………………………………………………（051）

我们曾经相遇过…………………………………………（053）
听苏叔阳老师聊天………………………………………（070）
一个儒雅智慧的人
——陈丹青印象……………………………………（074）
研究李鸿章的刘申宁教授………………………………（078）
一个人需要“心和仁爱”
——孔健合肥说孔子………………………………（080）
郑渊洁侧记………………………………………………（083）
“鞠萍姐姐真好！”……………………………………（086）
老年人追星也疯狂………………………………………（090）
我的心充满惆怅…………………………………………（093）
北戴河日记………………………………………………（097）

签书聊书……………………………………………………（113）

“3个女人8本书”的台前幕后…………………………（115）
文学皖军的一次集体亮相（外一篇）
——写在“皖籍作家作品联展”开幕之际…………（118）
办了一件“大事”………………………………………（121）
绝对的“大动作”………………………………………（123）

文化皖军的一次盛会（附录一篇）
——第三届“皖籍作家图书联展”综述 ……………（125）
听潘老师说前朝旧事 ……………………………………（131）
赵昂说 …………………………………………………（134）
马丽春老师 ……………………………………………（138）
《爸爸爱喜禾》及其他 ………………………………（142）
要男人干嘛
——有关男人的最雷人的书名别解 …………………（145）

沙龙纪录

沙龙纪录 ……………………………………………………（149）
以书的名义聚会 ………………………………………（151）
“周末七点档·新安读书沙龙”微博记录 ……………（154）
教育牵动大伙儿的心
——第九期“周末七点档·新安读书沙龙”侧记 …（164）
又见王丽萍
——第十期“周末七点档·新安读书沙龙”侧记 …（166）
身边的推理小说
——第十一期“周末七点档·新安读书沙龙”侧记
……………………………………………（168）
今天的主题：白岩松 …………………………………（170）
辛苦并欣喜着
——“世界读书日”琐记 ……………………………（172）
我们内心的善良 ………………………………………（174）
要有原则有计划地读书
——第一期“安徽图书城·新安读书汇”侧记 ……（178）
一个难忘的父亲节
——第二期“新安读书汇”侧记 ……………………（181）

为石楠老师做一点事

——第三期“安徽图书城·新安读书汇”幕后的故事 … (184)

法医秦明引发的轰动

——第四期“安徽图书城·新安读书汇”花絮 …… (187)

诗人归来

——第五期“安徽图书城·新安读书汇”随想 …… (189)

一个让人心动的理由

——第六期“安徽图书城·新安读书汇”感言 …… (192)

关注本土的文化与人物

——“最合肥”读书沙龙综述 …………………… (194)

书店的事 …………………………………………… (199)

一个人和一个书店 ……………………………… (201)

一个书店与我 …………………………………… (204)

在春天的丝雨中谢幕（外一篇） ……………… (208)

掌柜子说书城 …………………………………… (213)

一包书的分量 …………………………………… (220)

有关书的一些事 ………………………………… (224)

叫醒库房里的书 ………………………………… (226)

在北京逛书店 …………………………………… (228)

法兰克福书展之旅 ……………………………… (231)

开个小书店 ……………………………………… (238)

读书笔记

再读纪伯伦

很多年前，一次偶然的机会，我接触到纪伯伦的作品，感觉是那样的好，以至于有一段时间到了朝夕相伴、手不释卷的地步，用现在的话来说，就是纪伯伦的超级粉丝。

现在再读纪伯伦，感觉当年的那份美好依然如故，但深层次里的感触却发生了不小的变化，这几天我一直在想，纪伯伦是一个怎样的人？

他应该是个本真浪漫的人，彻底的理想主义者。

在《安息》里，他写道："请取下我身上的麻织殓衣，用茉莉、百合花瓣为我裹体……请你们不要用呻吟、叹息掩盖我的胸膛，而要用你们的手指画上友情与欢乐的符号和标记……请你们不要穿黑衣哀悼我，而要披白纱与我同乐。请你们不要伤心地谈论我一去不复返，而要闭上眼睛，就会看见我今天、明天和以后都在你们中间……请你们用松软的土将我掩埋，每把土里都要掺入百合、茉莉和长寿花种，让群芳吸收我的遗体的养分，在我的墓上生长；开出的花儿，在空气里散发我心底的馨香；高高扬起头，将我灵魂里的秘密诉与太阳；随微风摇曳，让过路的人们记起我过去的爱好和梦想。"

多么浪漫，又是多么的本真，在他的笔下，死亡不但没有那么可怕，而且还是那么的唯美。叹息没有了，眼泪没有了，也不要那么肃穆，更不要那么悲伤——一个典型而彻底的理想主义者。

他应该是个极其睿智的人，才华横溢神采飞扬。

在《论婚姻》里，他说："你们要彼此相爱，但不要使爱变成桎桔”；“你俩要相互斟满杯子，但不要用同一杯子饮吮。你俩要互相递送面包，但不要同食一个面包。一道唱歌、跳舞、娱乐，但要让各忙其事；须知琴弦要各自绷紧，虽然共奏一支乐曲。”

这样的话语，现在读来，非但没有过时，反而显得是那么地理性、前卫。联想到他在《论孩子》里惊世骇俗的一句“你们的孩子不是你们的”，我们就不得不佩服他的非凡的见解与思想的高度。

他是一位智者，同时他还是一位诗人，如此，智慧的光彩才会有一个华美绝伦的载体。在他的文字里，哲思睿语随处可见。

“生活是多么可爱，我们距离生活又是多么遥远!”

“在这人类舞台上常演不衰的悲剧，为之叫好的观众大有人在，而精心沉思者却少之又少。”

“爱总是这样，不知其深，除非到了别离时辰。”

这样的思想，这样的语句，应该是看过就忘不了的。

他应该是一个博爱慈悲的人，安抚弱者传播希望。

纪伯伦对于弱者、底层的人充满了怜悯与同情，他深知他的“穷朋友”们“生在不幸摇篮，长在屈辱怀抱，在专制门庭虚度青春，边叹息边吃你那干面饼，和着泪滴喝下污水。”但他对他们说：“你们不要失望！超越这世界的不公，超越这物质，在这乌云之外，在这苍穹之后，在这一切之后，有一种力量，那才是真正的公正，完全的怜悯，地道的温情和完美的爱。”

“你们是生长在阴影里的花，和煦的微风将吹过来，把你的种子带到阳光下，你们将在那里获得美好新生。”

“你们是冬雪重压下的光秃树木。春天将要到来，为你们披上繁茂的绿叶。”

用我们的语言来说，就是：一定不要绝望，一定不要放弃，希望是存在的，要努力，要有足够的耐心等待。

有点理想主义的味道，但谁又能说他没有道理呢？无论在哪里，也无论是什么时候，不要沮丧绝望，不放弃追求和理想，没有错!

他应该是一个正直义气的人，唾弃邪恶嘲弄权贵。

一个人如果只是唯美，只是博爱，那么他一定是不够真实全面的，纪伯伦是一个温文尔雅的人，同时纪伯伦又是一个爱憎分明、个性张扬的人，对于不公，对于罪恶，他的话语像匕首一样锋利。

在《昔与今》中，“一位富翁漫步在自己公馆的花园里，愁闷一直紧跟着他的脚步，忧虑在他的头上打转”，他回想着往昔虽然不富裕，但自由自在、无忧无虑的生活吧，感叹如今“竟成了贪欲的俘虏，钱财把我引向钱财，钱财又把我引入醉生梦死，醉生梦死将把我带入不幸境地。”“社会世俗的囚徒”，“为金钱所累”，所有渴望追求的都变了味。最后，富翁缓步走向自己的宫殿，叹息道：“莫非这就是钱财？难道这就是神？我已成了它的祭司？”

在《两种死》中，死神全然不顾狠毒、自私、贪婪的富翁的威吓与利诱，毫不犹豫地摄取了富翁的灵魂，并将它交给风神带走了；然后死神又来到贫民区，将一个渴望跟他走的少年的灵魂摄走，放在自己的双翼之下。死神在空中盘旋，望着这个世界，对着风说：“只有来自永恒世界的人，才能回到永恒世界去。”

两个故事有些宗教色彩，有些虚幻，但对于穷人和弱者，它是一个安慰。它反映出作者对现实的不满与抗拒。

“兄弟们，我亲吻你们，我蔑视压迫你们的人！”

我们的生活缺少这样的柔软和慈悲，我们有些不习惯这样的同情与关怀，再读纪伯伦，我读到了这个世界上最美好的东西：善良和优美。

（2012.11）

史铁生：一个高度，一种境界

应该是很多年之前，我就读过史铁生的《我与地坛》这篇散文，再往前，还读过他的《我的遥远的清平湾》。

在我看来，史铁生的文字，只要你用心、细心地去读，是可以读出不少的东西的。

比如他的细腻敏感，由于家境，由于他的身体状况，他的心是极其敏感甚至可以说是脆弱的，一句话，一个眼神，或者看似不相干的一个物品、一件事，都可以让他产生许多的联想和感慨。至于他的细腻，应该是源于他长期的思索与总结。

读史铁生的作品，还有一个感受很真切，那就是他的善良，对母亲、亲人、儿时的伙伴、成年以后的文朋挚友，他总是心存感念，总是觉得愧对，他念叨着别人的好，他惦记着别人的生存状态，而实际上，他的善良与爱是建立在自身的不幸与困顿之上的。

的确，史铁生是相当不走运的，正值青春年华，病了，继而瘫了，母亲愁苦忧虑而终，而他却在之后才深切意识和体会到母亲的艰辛与伟大。他的苦，太深太重。我们可以想见他的心里是怎样的百转千回，苦不堪言。

读史铁生的书，有一种感受很强烈，那就是史铁生的文采，深度纯文学的积淀与功底，是如今的一大批所谓“作家”“写手”不可企及的高峰。

说来惭愧，一直以为自己曾经读过《我与地坛》这本书，捧读之后，才发现自己不过是读过这本书中的一部分，就像对于作者本人，我一直感觉自己是了解的，但实际上差得太远，需要好好地琢磨、认识对方的还很多，大半生只能坐着的史铁生，实际上是一个高度，一种境界，一种力量的源泉。

通过《我与地坛》，再一次认识史铁生；通过已经在另一个世界的史铁生，再一次审视了自己的生活与人生。

（2012.11）

不同寻常的《蛙》

尽管我说《蛙》不同寻常，并不是因为它获得了茅盾文学奖（如今它又获得了诺贝尔文学奖），但不可否认，如果不是因为它获得了茅奖，我很有可能不会去读它。当阅读成为一种必需甚至工作的一部分的时候，作为第八届茅盾文学奖获奖作品的《蛙》，我是一定要读的。事实上拿起来我便放不下手。

计划生育的题材是不好把握的，拿捏得不好，不是流于表面，便是有悖于国家的大政方针。但《蛙》却偏偏选择了这样一个敏感题材，而且写得有声有色、有血有肉，真的是很难得。

但凡一部优秀的作品，一定是要有一些生动真实的人物，有一些抓得住人的情节，从而构成一个让人难忘的故事。“姑姑”这个角色是成功的，她的性格，她的遭遇，让人们既欣赏敬佩，又感叹同情。陈鼻、王胆、陈耳、陈眉一家子的命运更是牵动着读者的心，最让我难忘的是“姑姑”带人水上“追捕”超生的王胆那一节，紧张惊险，扣人心弦，场面与细节的铺陈与把握，理性与人性的交织与碰撞，让读者在不自觉中进入情节。

尽管小说通篇围绕着计划生育这个主题，但我们不难发现，实际上它是被放在一个大的背景下展开的，这个背景就是我们这个国家近 60 年的历史，许多章节的历史背景与事件甚至比主题更抢眼更让人难忘。

不单一，就会显得丰满，就会让读者找到自己的兴趣点与关注点，这很重要，也很讨巧。莫言显然是这方面的高手，在他的笔下，

《蛙》才显得这么独特，这么与众不同。

小说的结尾，有些虚，有些宿命，用的是曲笔，很多东西没有说得那么清楚，需要读者自己去理解和感受。想来也是，原本世上许多东西都是讲不清楚的，很多的人和事，只能说到某种程度，留下的，是想象的空间，是一个谜面。

的确，从表面上看，《蛙》说的就是计划生育这档子事，有些主旋律的意味。但在我看来不是这样，作者的个性与表达贯穿书的全部，耐下心来，静下心来，你才会读出一些，读懂一些。而这些，或许是这本书的真正价值所在。

说来挺有意思，尽管没有在第一时间去读《蛙》，但我却是在第一时间见到它与它的“制造者”莫言。2010 年的 1 月，北京图书博览会上，《蛙》的出版发布会的会场上，到处都是红红的海报，海报上，一个土黄色的剪纸小孩，一个工工整整的“蛙”字。

（2012.12）

我们缺乏的是情怀

——读毕飞宇《人类的动物园》

关于毕飞宇的书买了不少，但读过的并不多，只读过《推拿》和这本《人类的动物园》而已。读完《推拿》，很有些激动，我买了他的 7 卷本文集，现在又读了《人类的动物园》，我想应该梳理一下自己对毕飞宇及其作品的感觉了。

《人类的动物园》选取了作者 2 个中篇小说、7 个短篇小说以及散文随笔 12 篇。通读全书，印象深刻的有《青衣》《雨天的棉花糖》和《相爱的日子》，《哺乳期的女人》《怀念妹妹小青》《生活在天上》

毕飞宇与作者合影

及其他两篇也是不错的，只是相比之下要单薄晦涩一些。散文随笔部分比起小说来距离挺大的，小说家就是小说家，写起散文来基本上没有什么感觉，有时候写着写着又回到小说那边去了。

《青衣》是一部非常传神的小说，戏剧演员的内心世界在毕飞宇的笔下，被演绎得惟妙惟肖。筱燕秋这个文学形象真实、饱满，其一招一式、一举一动，无不透露出一个职业演员的气质与神韵。毕飞宇是了解戏剧演员的，我甚至怀疑他曾经在梨园圈子里待过很久，或者他长期关注过戏剧界，某个行当某个人，否则，他是很难写出《青衣》和筱燕秋的。不过这也难说，因为当时看《推拿》的时候，我也曾有过类似的疑问。或许这就是毕飞宇过人之处，也正是因为此，我一直坚信他一定会走得更远，为世界上更多的人熟悉和喜欢。

毕飞宇说过："我不喜欢（筱燕秋）这个女人，可是我一点也不恨她。筱燕秋是一个我必须面对的女人，对我个人而言，无视了筱燕秋，就是无视了生活。"说得真好，作为女人的筱燕秋，是不招人喜欢的，但作为演员的筱燕秋，却是让人佩服的。分裂的性格，不太和谐的组合体，或许就是做艺术人的宿命。事实上，一切"一根筋"地追求某个领域极致的人，其性格与人生或许都是残缺的，这真是一件没有办法的事情。

毕飞宇的语言准确、精练，富有节奏感和美感。《青衣》里这样的段落和句子很多，比如写到筱燕秋经历坎坎坷坷之后终于重登舞台时，很快就完全放松下来，"她开始了抒发，开始了倾诉，她彻底忘记了自己，甚至彻底忘记了嫦娥，她把满腔的块垒抽成了一根绵延的细长的丝，一点一点地吐了出来，缠绕了起来，挥洒了起来。""这是喜悦的两个小时，哭泣的两个小时，五味俱全的两个小时，缤纷飞扬的两个小时，酣畅的两个小时，凄艳的两个小时，恣意的两个小时，迷乱的两个小时，这还是类似于床笫之欢的两个小时。筱燕秋的身体连同她的心窍，一起全部打开了，舒张了，延展了，润滑了，柔软了，自在了，饱满了，接近于透明，接近于自缢，处在了亢奋的临界点。筱燕秋就感到自己成了一颗熟透了的葡萄，就差轻轻地、尖锐地一击，然后，所有黏稠的液汁就会了却心愿般地流淌出来。”——淋漓尽致，一气呵成！用一句时尚的话语来说，就是：“神一样的句子！”

总体来说，《青衣》的基调是低沉、压抑的，这似乎也是毕飞宇作品的特色，这样的特色，在《雨天的棉花糖》里得到淋漓尽致的发挥。

红豆的个性和命运，应该属于小众，但小说反映出的那样一个社会环境和人性，却是值得我们深思的。一个羸弱、苍白而内向的小伙子，一曲低缓、哀婉、凄迷的二胡曲，总是在我的眼前晃荡，总是在我脑海里盘旋。不能说出太多的感受，是因为我陷入在小说所构建的那种迷惘和悲哀的气氛中，很难走得出来。

《相爱的日子》尽管也是低沉的，但它整体却是舒畅、明快的。两个在城市里挣扎的年轻男女，相爱了，爱得那么纯粹、干净，让我们这些旁观者都为之感染、感动。细节，生活的细节，情感的细节，乃至做爱的细节，都是那么的真切、到位。可以说，正是这篇《相爱的日子》，让我相信，毕飞宇的短篇，已经跻身于世界短篇小说的最高端。

毕飞宇说过：“人到中年以后，情怀比才华重要得多。”又说，“情怀不是一句空话，它涵盖了你对人的态度，你对生活和世界的态度，更涵盖了你的价值观。”“我们不缺乏才华，但我们缺乏情怀。”我想，毕飞宇道出了文学的真谛，也表明了他的文学观与写作姿态。基于此，他才会写出《青衣》《推拿》这样绝好的作品。

（2014.06）

三个男人的故事

——我读《天行者》

三个男人，三个边远乡村里的相当不走运的男人，他们的不走运源于他们选择了一份叫作民办教师的职业。曾经，在咱们中国，身份问题被放在了一个很高的位置，非常管用，非常敏感，同样是教师，因为前面多了“民办”两个字，就注定了他们的命运中充满了艰难和辛酸，同时，也因为他们的忍受和坚持，他们又显得是那么的不一般。

这三个男人，就是长篇小说《天行者》里的三位主要人物——界岭小学的三个老师：余校长、邓有米和孙四海。

刘醒龙和作者在山村书房

他们真的是很不容易，在那样一种异常艰辛的环境下，他们一直尽力做着一件非常了不起的事情：乡村的基础教育。他们的待遇、他们的收入、他们的处境，桩桩件件、点点滴滴，的确是让人不忍卒读。但他们一直在忍受着，坚守着，因为他们一直在追求着一种质朴的理想，同时他们一直没有放弃对未来的希望。

其实，从某种角度来说，他们三个，也不过是生活中普普通通的男人，有自己的个性、特点和爱好，他们也有平常人一样的想法和做法，也会和平常人一样为了一些利益而算计和暗中使劲；甚至，他们还会有一些似乎不够光明磊落的言行。但这一切在他们大的人格与精神跟前，都会显得不那么重要，甚至还从反面映衬出其人性的完整与真实。

实际上我们每一个人，都是一个各种元素与各种矛盾的交汇体，有时候，我们会感觉到一个人很好、很有意思，有时候我们又会觉得他有着让人难以忍受的言行举止，其实这很正常，没有必要因此对别人或者对自己做出片面、偏激的判断。其实，一个人最要记住的是，如何遏制住自己对于社会和家庭来说负面的东西，不让它们在伤害别人的同时败坏自己的声誉。

他们，界岭小学的三个男人做到了。面对朝思暮想的转折命运的机会，面对利益等诱惑，他们做得大气磊落，让我们这些旁观者在心里油然而生出一股敬意。他们很了不起！

当然，在《天行者》这本书里面，还有万站长、胡校长、余村长这样几位男性，但他们的所作所为，无论是在为人还是处世上，注定只能是配角乃至反角。当然，在人生道路的选择上，每个人因为各种各样的原因和理由，做出自己的选择，应该都是正常的，设身处地去想一想，我们应该理解、同情和宽容，没有必要故作姿态地去说三道四。但这一定是基于一条底线，过了，自然就是另当别论了。

其实，还有三个小伙子：张英才、骆雨和蓝飞，他们曾经或多或少地做过界岭小学的老师，但他们最终都选择离开了，走得不那么硬气、大气，不那么见得人。当然，我们或者也可以称呼他们为“小男人”，之所以这样说，一是因为他们三个人的确不大，二十啷当岁，但最主要的还是因为他们在人格人品上，还是没有完全成长定型，还是存在着或多或少很明显缺陷的毛头小伙子，相对于余校长他们三位，他们“小”得太多。

三个满脸沧桑的男人，撑起了界岭小学的一片蓝天，也撑出了界岭百姓和我们大家心中的一缕阳光。这些，对于我们的未来和人生，不但是不可或缺的，而且是至关重要的。

因为我们活着，就是需要有一股气在身后顶着，《天行者》给我们带来的，就是这样一个气场，感染，感动，从现在，到久远。

（2011.11）

很多的滋味

已经是第二次读吴念真的《这些人，那些事》了，第一次读的时候，应该是去年的年底，虽然已经过去了大半年时间，但当时的感觉依然很清晰：感动，甚至是震撼。因为在我们的生活中，很少可以见到这样纯粹、干净的文字。

于是我向许多朋友推荐了这本书，包括一些眼光很厉害的资深媒体编辑，因为我很自信自己的判断。结果自然是一片叫好，有人说，很久没有读过这样的文字了，有些事情有些话，如果在别人那里，或许要叨叨地说上许多，还不一定能够说明白说到位，但在吴念真这儿，只消三言两语，便能够明白如话。的确，吴念真的文字之所以特别，是因为他已经达到了一个很高的境界，而这样的境界，是需要很好的基础，很长时间的历练以及极高的悟性。

与当下的大多数图书相比，这本《这些人，那些事》不算大也不算厚，文字似乎也不够多，但它给我的感觉却是沉甸甸的，因为那一个个小故事里的真情实感，能够直抵我们内心最敏感的地方。也许有人会觉得，不就是一个个或长或短的小故事，不就是一些普普通通的小人物吗，还不一定就是真的，至于吗？但在我看来，它们是太真实不过的了，因为贯穿其中的感情是真实的，人物是鲜活的。

那些长年在井下挖煤、最终染上硅肺病而苟延残喘的矿工；那些挣扎在生活底层，始终没曾失去对生活的热情与善良本性的男男女女、老老少少；那些有着这样或者那样缺陷或者污点，同时又不失其阳光、率真，让人爱恨交织的人们；那些失去了底线，将自己的人生经营得让人不屑、不齿的人，都是那么的生动、鲜活，栩栩如生。

《母难日》中那位贫苦、善良、执着的母亲很感人。她为了还愿与感恩，在儿子的婚礼上，穿上一辈子没穿过几次的旗袍和高跟鞋，跪拜一百次，然后再在她坚持要求搭建的简易舞台上，用颤抖的声音唱着歌……这样的细节让人忘不掉。

《只想与你接近》和《心意》里的那位简单、粗暴、不善言辞的父亲很感人。他与孩子们之间一直没有找到一个合适的“亲近的方式”，但他们之间的超乎言语之外的那些细节：在午夜里装睡只为等待感受父亲搬动他们时的温情，伴随着一支奖励给儿子的俾斯麦钢笔的那句冷冷的威胁的话语，在台北住院时与偷偷跑来看他的儿子一瘸一拐地去看电影……都会让人记忆深刻。

“博真情的朋友们”这一章节里很多细节很感人。卖菜女孩阿圆，在关键时刻说了句“他们没偷啦，是我……放错了。”试图为采买兵开脱；那个不顾难以忍受的气味，认真仔细地捡拾着自杀士兵尸块的六十多岁的沉默老人说：“虽然我不认识他（指死者），但可以这样相识也是缘分。”大专兵阿哲在十二位兵弟兄被炸死后令人心碎的哀鸣以及被指定负责把这些兵弟兄的骨灰从金门送回台湾时说：“真的不重”。

当然，最让我感慨、感动、不能够忘怀的，是《遗书》，故事中的“他”对弟弟那种又爱又恨的复杂的感情，让人难忘又纠结。是的，纠结，设身处地地为“他”想一想，摊上这样一个弟弟，的确是够烦心的了，问题是，弟弟并不是那么一无是处，他有他的值得同情的不幸和不走运，他有他让人难忘的善良和可爱，于是，纠结。一家人之间，往往就是这样，最了解，了解他们的好，了解他们的不好，都是到了根底里的那种了解，好的自然是一团和气，好处理，反之则会多出许多的闲气与烦恼。但无论是再烦、再讨厌，依然是舍弃不了、放不下来，因为他们毕竟是自己至亲的亲人。

吴念真的确不愧是“台湾最会说故事的人”，将一个个故事说得那么有声有色，看似波澜不惊的叙述中，展现着一幕幕人间的悲欢离合，其中的酸甜苦辣，自然也是分量很足地让你品尝。

另外，在貌似平白如话的叙述中，常常有着迂回曲折的情节、出乎意料的结尾，让你在读完之后或宛然一笑，或怔忡良久，或者，感觉内心丝丝的冷、隐隐的痛。

还有一个感受也很强烈，那就是，读吴念真的文字，可以了解到台湾许多的风土人情和语言习惯，可能是因为他是一位来自底层的作家，可能是他在几十年的文字生涯里做足了功课，在他的文字里，有一股来自乡野的气息，有一种难得一见的质朴与坦荡。用现在流行的话来说，就是“原生态”。

我还会继续向朋友们推荐吴念真的作品，不是职业的本能，而是为了心底的那份沉静与感动。

（2012.07）

《酒楼》里的变与不变

利用双休日两天的下午，我读完了许春樵的长篇小说《酒楼》，很过瘾，同时也有一些激动。也许有人会觉得“激动”一词有些夸张，但一部能够抓住人、打动人的小说，不但能够让人们产生许多联想与感慨，同时也能够让人们有所启发和收获，心情不能平静，于是有些激动，实在是情理之中的事情，更何况它的作者就和我们生活在同一座城市里。

真是很佩服许春樵的叙事能力，凝练紧凑，节奏感极强，尽管没有什么大悲大喜、大起大落，却能够紧紧抓住读者的心，以至于读到整部小说三分之二的时候，一句“转眼三年过去了”，才让我松了一口气。

许春樵与安徽图书城员工分享《酒楼》里的故事

《酒楼》所讲述的是一个家族和一座酒楼的故事，人物不多，内容也算不上复杂，但它却紧扣住时代的发展与变化，反映出社会变革大背景下人们的手足无措与彷徨迷乱。有时候，你会觉得相对于酒楼还是那座酒楼，进进出出酒楼里的人变得太快了；有时候，你又会感觉酒楼因为被改得太多，有些面目全非了，而那些变来变去的人们似乎并没有变到哪里去。于是，人们会思考，变与不变之间，到底有着怎样的背景和理由；不变与变之间，又揭示了什么、追问着什么。

大哥齐立功，二哥齐立德，老三齐立言，老爷子齐修仁，还有几个或重要或不重要的女人，几个少不了的社会各层次的人物，让酒楼从头至尾就没有消停过。

落魄不堪的齐立言后来富得流油，趾高气扬的齐立功最后可以说是一贫如洗，无论是从学历还是从经历，这一对哥俩儿似乎都差得太远，但如果你仔细琢磨琢磨，会发现，其实他们两个人实在是太像了，都能够在起步阶段卧薪尝胆、吃苦耐劳，一步一个脚印地将生意做得很大很红火；但同时又都在发达了之后狂妄自大，冷血自私，势利吝啬，贪婪放纵。当他们用同样的手段制造着所谓的“野味”的时候，他们的共同点达到了极致。这真是一个悲剧，一个充满宿命色彩的悲剧。

但是，齐立言毕竟不是齐立功，更不是齐立德，在他的身上，有着许多难得的闪光点，他智慧、执着、刻苦、勤奋，他能够执着地研发农机甚至小汽车，也能够以壮士断腕的气概，义无反顾地从头做起，从最底层的搓澡工、收破烂做起，这令我另眼相看的同时，肃然起敬了。

没有发达之前的齐立言，在拥有前面所列举的种种优点的同时，还拥有着对于一个人来说非常重要的品质——诚实、善良、知恩图报，而这为他后来的成功打下了坚实的基础。把对于收破烂的他来说简直就是一笔巨款的 8 万元交还给素不相识的王千，把苦苦积攒下来的 3 万元钱借给曾经在他最为落魄时给了他 800 元的走投无路的钱辉，这样的事情，没有多少人能够做到，正因为此，也没有多少人能够像他那样成功。世间的事，常常就是这样环环相扣，因小失大、顾此失彼的事情多了去了。

当然，早期齐立言的弱点也是显而易见的：偏执、狭隘、理想主义色彩浓厚。而这，在有意无意之间，伤害了不少人，尤其是他最亲近的人。因此，我始终是以一个同情乃至理解的眼光去看齐立言的前妻张慧婷，作为一个敏感、虚荣的女人，她在忍受着齐立言给她带来的种种不堪的同时，用语言和行动刺激和伤害着齐立言。失败的婚姻一定不单单是一个人的问题，所以不能够把所有的错都归在张慧婷的身上。同样，大哥、二哥等家族里的人对于齐立言的种种言行，也不是一点理由没有的，况且亲人之间原本就是没办法讲道理的。

让人们感到失望的是，成功了的齐立言竟然会用同样的方式方法去对待曾经伤害过他的兄长亲人，相对于大哥齐立功在几个关乎齐立言生死存亡关键时刻的毅然决然地说不，他的伤害似乎更不能让人原谅。

往往就是这样：一个人成功、发达的时候，会暴露出身上许多以往不为人知的丑陋。

相对于整个齐家的吵吵嚷嚷，庸俗不堪，王韵玲的出现，让我们看到了一抹明亮。好似戏剧舞台上的追光，王韵玲走到哪里，哪里便会是明快舒朗的，哪怕她在哭在生气，也是这样。因此，当王韵玲似乎人间蒸发地消失得无影无踪时，整部小说也就不可避免地在暗淡中走向终结。

合上《酒楼》，我在想，天德酒楼倒了，复兴酒楼又会走向何方？它如果一直开到今天，一定又会面临一次重大的改变，齐立言还能够从容应对吗？随着时间的推移，他的心胸和境界，是开阔提高了呢，还是愈发狭隘降低了呢？王韵玲会回来吗？他们的儿子会

安徽图书城员工读书会合影

成为复兴的第二代吗？人生真像一场戏，为了想知道后面的情节，我们往往会有些急不可耐。

其实我也知道，我在意的是我们自己的生活，希望它能够更好一些，因为更为明亮多彩的明天会让今天的我们多一些期待和信心。

（2014.06）

让人生有一个很好的"完成"

下午下班的时候，我在书城的一楼大厅发现一张新的招贴画，宣传的是一本叫作《此生未完成》的书，作者是因病、因病中的博客，她是真实与达观而广为人知的复旦大学女教师、博士于娟。书是本月 20 日才出版的，我应该算是比较早买到这本书的。

回到家中就开始读这本看上去素净得有些苍白的书，很快就被感染、感动了，因为这不是一本让你难受让你哭的书。读着这本书，你会难过，但你更会会心地笑起来，甚至会大笑起来，之后，你会不由自主地去想、去思考，一位 32 岁的女教师，忍受着难以忍受的病痛，写下这些文字，到底是为了什么？

于娟说，在这样一个纷乱浮躁的社会中，是这场病痛让她重新获得了新的生命。她希望自己能活下去，用生命的火光去温暖家人、学生、朋友和更多的人。

有报道说，于娟在文字里忠实地回忆与反思，这样抛开生死的生命写作是一种个体的记录，但更如同敲响的警铃，让我们在忙碌的生活中突然明白要停下来，思考我们要用多大的代价，才能认清活着的意义。

当我继续往下读的时候，渐渐感受到一股逼人的寒气。那隐在笑容后的痛苦、无奈与艰辛，在于别人，也许会读不出、感觉不到，但在我，却是清楚得不能再清楚，那份心痛和同情，自然也比别人来得清晰而真切。因而，时常会感到书中的许多语句与段落让人不忍卒读。

“我甚至想，哪怕就让我那般痛，痛得不能动，每日像个瘫痪的人，污衣垢面趴在国泰路和政立路的十字路口上，任千人唾骂万人践踏，只要能看着爸妈牵着土豆的手蹦蹦跳跳去幼儿园上学，我也是愿意的。”（于娟儿子的小名叫“土豆”）（79 页）

对于她的一些体会和感慨，也自然是感受颇深。

“有时候，（医生）的一句话就是一条命。”（79 页）

“略去所谓惊险与苦痛，写赫赛汀（一种化疗药）治疗的经历只是为了提醒人们，不要忽视所谓百分之五的概率，做好一切防范准备去应对少有的不良反应出现。买彩票中奖率那么低还是有人能中奖，药物过敏的百分之五比中奖率高了去了……我们（指癌症患者）是黑夜里在悬崖间踩钢丝的病人，容不得一丝一毫的小错误和小概率。”（104 页）

“现在想想，都不知道那些日子（指放疗期间）是怎么过来的，但是也过来了。我不是基督徒，但我知道耶稣受难三天后，是复活节。我不是伟人圣者，但是我知道，再苦再难的日子，时间都会让它成为过去。”（101 页）

在经历了一次九死一生的骗局之后，她沉痛反思：“人但凡有欲望，就会辨识不清真相，就会误判，就会被骗。哪怕这种欲望，仅仅是求生。”（107 页）

同时，她也以少有的辛辣而深刻的语言说道：“我终于相信了，原来世间真的有人可以把一把年纪活到狗的身上，人生在世都不容易，选择打砸骗抢，就不要投胎为人的那套人心肚肠，不要投胎为人的那张人脸，这是个人的选择。只是，去做这样选择的时候，好好想想，你已经为人父母，你的子女，终究要脚踏黄土头顶青天，他们要以人的样子活在人世间。”（117 页）

敢爱敢恨，痛快淋漓！

还有她的反思，也是理性而深刻的，充溢着无尽的懊悔与沮丧。

“我很喜欢自己的性格，从来不认为有什么不好，生病后才不得不承认，自己的性格不好：我太过喜欢争强好胜，太过喜欢凡事做到最好，太过喜欢统领大局，太过喜欢操心，太过不甘碌碌无为。简而言之，我之前看不穿。”(62 页)

“有太多的计划要完成，有太多的事情要应付，总是觉得等做好了手头的事情，陪父母也是来得及的。反正人生很长，时间很多。现在想想并不尽然，只有一天天地过，才是一年年，才是一辈子。无头绪的追逐与奔忙，一旦站定思考，发现半辈子已经过去，自己手里的成败并无多少意义，然后转身，才发现陪伴亲人父母的时间已然无多，发现最重要的幸福已然没有时间享用，人生的最大悲哀莫过如此。”(140 页)

许多的癌症病人，不管他（她）病前是多么的优秀、果敢、强势，一旦病了，立刻就像跑完了气的气球，生机全无，完完全全败下阵来。于娟则不然，她镇静、理智，将属于自己的最后十几个月过得有声有色，甚至是有滋有味。可那是些怎样的日子啊，作为一个远远的旁观者，我们都会时常感觉到不寒而栗，何况作者本人。用“钝刀捅心”“剜心割肺”这样的词汇，真的是一点都不过分。

于娟不但是勇敢地活着，而且还是仔细地活着，她不但记录着自己苦不堪言的生活，还理性地反思和检讨过去的生活，以便给别人以提醒与警示。有时候，我在想于娟的生命委实是过于短暂了，的确有些“未完成”的感觉，但于娟绝对是一名高手与快手，她在常人不能够忍受的境况下，做出了常人难以做到的事情，将自己匆忙的人生，做一个回顾与反省，记录下自己与病魔顽强的抗争，给别人以启迪与力量。

感动、感慨之余，感觉我们这些活着的人，似乎都应该好好地想一想，怎样度过自己的人生，怎样才能够让自己的人生有一个很好的“完成”。

(2011.06)

说明白话　做明白人

——读《姥姥语录》

倪萍的《姥姥语录》出版已经有三年了，当它从一本畅销书逐步变得不那么畅销的时候，再来读它，发现它非但没有过时，而且还有着其独特的价值。倪萍不是一位专业的作家，这本《姥姥语录》也不是一本纯粹意义上的文学作品，但是，其中所包含的一些东西，却是一些所谓的“作家”和“文学作品”所没有的，那就是真情、真话。

在倪萍的笔下，活了 99 岁的姥姥是一位吃苦耐劳、明理智慧的老人，虽然她只认识自己的名字，但她懂得许多识字人不懂的道理；虽然她矮小瘦弱，却把自己的日子过得自信充实。

读《姥姥语录》，让人有一种恍惚，仿佛姥姥就在我们的身边，因而感觉特别的亲切自然，入耳入心。关于“帮助人”，姥姥说：“有一碗米给人家吃，自己饿肚子，这叫帮人；一锅米你吃不了，给人家盛一碗，那叫人家帮你。”“给人一座金山是帮，给人一碗水喝也是帮。你帮了别人，早晚人家也会帮你，不信你试试？这一辈子你试不出来，下一辈子你孩子也能试出来。”如果说姥姥的话说得朴实到位、富有哲理性的话，那么，姥姥关于如何去帮助乞讨者的那句“你记住孩子，多穷的人都有脸……给人吃点东西先要给人家个好脸”，则更让人印象深刻。书中关于姥姥如何不让人尴尬地帮助人，或者提醒、暗示倪萍去帮助人的例子不少，生动感人。

姥姥说：“有好事想着别人，别人就老想着你。你有好事不想着别人，只顾着自己，最后你就剩一个人了。”但姥姥又说：“靠山山倒，靠人人老。靠来靠去你就发现了最后你靠的是你自己。”看，在姥姥这儿，做人的学问可不简单。

姥姥当年在农村的时候，关于不拿自家的瘪花生换生产队做种用的好花生的那一番话很震撼人：“大花生、小花生吃到肚子里都得嚼碎了，种在地里可就不一样了。好种子结好花生，孬种子结小花生。孩子也是这样，你们都在眼前看着，我要是做那‘聪明’事儿，你们长大了就不聪明了。种下什么果子就长出什么果。”但姥姥也绝不是那种正气凛然的“高大全”，她总是天黑以后再挨家挨户地送她家种的苹果，因为“有和咱近的，也有和咱远的，有咱欠人家情大的，有欠小的，咱这苹果也就分大筐小筐，天黑了不就看不出来了吗？邻里之间就怕个厚薄，本来小筐就挺高兴的，一看那家是个大筐，你这小筐就变味儿了，变成意见了，好心就办了坏事了。”总是想着别人，总是顾及着别人的感受，这样的姥姥真不容易。

“管哪儿的肉皮都好撕开，就是脸皮不好撕。撕一块儿你试试？这一辈子脸上都有一块儿疤。”“人不可贪财啊，财是个狼，你贪它它就贪你，你吃它它就吃了你。”姥姥这样的话给人的感觉已经不仅仅是震撼，让人过目不忘，发人深省！

当然，我们在敬佩、认同姥姥语录的同时，也要记住倪萍的一句话：“（姥姥）她的局限性阻止了她对大社会的深刻认识。永远以善对付恶，这不是唯一的办法。”

当年倪萍在央视主持节目的时候，亲切自然，像一位漂亮伶俐的邻家大姐，广受观众的喜爱。但后来令她饱受诟病的也恰恰是她这个“邻家大姐”的台风，如今，拿起笔写《姥姥语录》的倪萍，依然不改邻家大姐的风格，随和亲切，但也免不了唠叨，不过，感情是真实的，道理是真切的。

人人都明白的理，家家都遇上过的事，倪萍和她的姥姥，是一对善良的女性。

（2014.02）

礼仪：一种修养，一种分寸

在我们的读书会已经读过的图书当中，有传统的精髓《经典天天读》，有优秀的当代文学《天行者》，有关于读书的《毛泽东的读书生活》，有记录人生况味的《此生未完成》，而本期之所以跳出文学社科的圈子选择一本非常简明扼要的图文版《你的礼仪价值百万》，主要基于现实与实用的考虑，因为礼仪之于我们这个行业、我们这么一群人，的确是太必需、太重要了。

我是用了几种方法去读这本书的，顺着读，跳着读，挑着重点再读，读过来读过去，感受越来越多、越来越清晰，同时，有一种心虚的感觉和一种紧迫的感觉，心虚是因为对于自己礼仪这一课的竟然是如此的欠缺，紧迫则是感觉到时不我待，自己应该尽快地补上这一课。

说实话，这本并不是太厚的书充其量只能算得上是一个扫盲读本，其中的许多东西都是我们生活中经常碰到的，而且我们也知道如何去做，但有些东西却是我们的盲点，要么因为我们不知道该怎么去做而常常犹豫不定、手足无措，要么就是凭感觉和胆量行事而误打误撞、贻笑大方。当然，我们可以藏拙，可以跟着周围的人后面学，但问题是如果我们都不懂，都不知道该怎么去做，那又将怎么办？

举一个最常见的例子，我们去参加一个宴请，该怎样着装怎样寒暄，坐在什么位置，在怎样的时机敬酒，什么样的时候退席，都是些看似很简单的问题，大家都不讲究的话也就马马虎虎地算了，但问题是如果有一些人了解，还有一些人在悄悄等待着安排，只有你揣着礼让客气的心态或者出于某种动机做出了让人尴尬诧异的举动，难免不让人侧目和耻笑。

还有一件事，也让我耿耿于怀很久了，那就是我们大家对于婚丧礼仪的漠视与无知。着装、言语、分寸等方面，基本上是没有一点的禁忌与讲究，想怎么着就怎么着，看上去相当不妥当和不应该。缺乏仪式感，缺乏最起码的规矩，说大了是对主家的不尊重，往小的方面讲，则是丢了自己的脸。但往往是大家似乎都不明白、都这么一窝蜂地大大咧咧、随随便便，真的是让人有些无可奈何，哭笑不得。

在读这本书的时候，我还有一个感觉挺搞笑的，那就是我发现自己似乎是不会站不会坐了，特别是在坐的方面，不明白做错的地方真是不少，这不免又让自己又冒了一阵冷汗。想一想自己过去这么多年，居然是如此的大意和散漫，真是感觉汗颜。

我们书店的店堂不但是一个汇聚与展示人类文明成果的文化场所，更是一个不同职业人士都可能会光顾的公共场所，这就要求我们必须了解和掌握较为全面的礼仪常识。我们的一言一行、一举一动，不但是要接近乃至符合礼仪的要求，更应该是展示传播礼仪文化的载体。我想，只要我们能够静下心来仔细看一看、听一听，就一定会发现，我们需要改进的，我们应该去做的，的确还有很多。

我们可以试着时常问问自己几个为什么，为什么自己总是这样，而别人总是那样；

我们可以试着时常反思反思，自己一向如此的言行举止是否就是正确的；

我们可以试着将自己身上的“个性”“习惯”等表层的东西拨开来，看看它们掩盖、庇护的，到底是一些本真的东西还是一些偏执的、恶劣的东西。

我们还可以想，有关礼仪规矩，我们从上辈人的身上得到了一些什么，它们对我们的个性与人生产生了哪些影响；同时，我们又将会把哪些东西传递给我们的孩子们，它们又将会怎样影响着我们的血脉、我们的后代。

文明的进步，应该包含着物质文明的进步与精神文明的进步两个方面，富有也应该是物质与精神两个方面，只注重物质一个方面，忽视了精神层面的东西，是很不完整、很不应该的。当务之急我们要做的就是从明白自己的缺失开始，努力去学、努力去做，学会正确，改正谬误，同时影响、带动周围的一些人，做一名真正、全面富有的人。

不过，我们也不必把礼仪看得太高不可攀，因为礼仪从来就是一种总结与传承，这就是为什么我们没有专门去学习，也能懂得许多的礼仪的原因。同时，我们也不必机械僵化地对待礼仪，从而显得刻意、拘泥，在该讲究的时候与地方讲究，更多的时候，我们只要守住底线，其他则完全可以分开，所谓“百无禁忌”，所谓“家无常礼”，讲的都是这个意思。显然，在这里也有一个“通”与“不通”的问题。

当然，礼仪与每个人的修养与素质也是密不可分的，古人有“腹有诗书气自华”一说，外国人有“一个（男）人要对自己四十岁以后的相貌负责”一说，一个人的仪容举止仅仅是依靠装和做作是不行的，只有理解和领会了礼仪的内涵与真谛，才能够做得得体、自然。

其实，说白了，礼仪就是一种修养，一种分寸，一种生活的必需品。通晓礼仪、举止得当的人会显得从容自信，同时会赢得人们的认同和敬佩，从这层意义上来说，你的礼仪价值百万，是一点也不为过的。因为有些东西，从来就不是金钱可以买得到的。

（2011.12）

信念和原则

——读《从优秀到卓越》

《从优秀到卓越》这本书在分类上属于“管理”，因为它围绕着一个企业如何从“优秀”走向“卓越”这个命题，逐步展开分析、论证，最终得出它的结论。说实话，这样的一本书，对于包括我在内的许多人，可能有些“隔”的感觉，因为我们和我们的企业与这样的一个命题应该有着不小的距离，但同时我又不得不承认，这样一本书对于我的启发与帮助的确是不小。我在想如果不是一个近似于“强制”的读书活动，我一定会与之连“擦肩而过”都达不到，因为我很少去读这一类的书，因而，我感觉读这本书的最大收获，不仅是或多或少的启迪与感悟，还是打开了另一扇门，引领我进入一片全新的领域。作为一名企业的管理者，我觉得这是极其有益的。

根据我的理解，作为个体的人，在一个企业中的作用的大与小，取决于他的境界与智慧，尽管我们说如果一个企业的兴衰与某个人的联系过于紧密的话，那么这个企业就不能够算作一个真正成功的企业，但我们不能否认，一个成功的企业一定会有一群优秀的人士，一定会有一个由一位乃至多位优秀、卓越的人构建起的核心架构做支撑。从这层意义上来讲，唯有优秀和卓越的人，企业才能够优秀，进而卓越。

在这本书的第四章，有一个“斯托克代尔悖论”：“坚持你一定会成功的信念，同时，要面对现实中最残忍的事实，不论有多大困难，不论它们是什么。”前面，是“信念”，而后面，则是“原则”。

在这个悖论中提出一个观点，那就是“现实中最残忍的事实”——肯定它们的存在，并且我们都有可能遇到。似乎有些耸人听闻，但应该是“现实”。我们不否认人与人之间存在差异，同样一件事，不同的人会有不同的认知和反应，但问题往往是，那些承受能力强的人所遭遇的困苦会更多更大一些，因为更多的人会早早地被打垮或者逃避开了。

所以，我挺认同书上的一个分析结果，那是从国际受害者研究协会所做的关于“顽强精神”的研究结果中得到的一个结论。这项研究在对各种遭遇不幸的人进行调查分析后，发现这些人大致上可以分为三类：遇到不幸总是垂头丧气者；能够从打击中恢复到以往正常生活的人；把不幸经历当作动力，使自己变得更强大的人。结论：那些实现跨越的公司就类似于第三类，具有“顽强的精神”。

“顽强的精神”，一个很高的标杆与境界，当我们总是垂头丧气，或者只能够保持一种正常状态的时候，只有他们——那些具有“顽强的精神”的人们，才能够做到“把不幸经历当作动力，使自己变得更强大。”

这就是一种目标和追求了，从我们的精神层面开始有所准备，从我们生活中的一点一滴开始做起，逐步让自己从能够面对困难、挫折与打击，到逐渐地把它们变换成一种动力，最终使得自己变得“更强大”——哪怕只是比自己的过去“更强大”，也是值得骄傲与自豪的。人生在世，能够不断地提高自己、超越自己，就是一种成功!

当然，准确地说，我们不能够仅仅停留于自我的提高与超越，我们更应该让提高与超越成为一种习惯和状态，不断地进取，朝着一条公众共有的标杆努力、进取，才有可能、有机会上升为卓越，同时为企业实现从优秀到卓越的跨越贡献自己的一份力量。而这，应该成为我们一个执着的信念。

当然，我们一定要记住那个不可忽视的“原则”，这个原则就是

“你一定要面对现实中最残忍的事实，无论它们是什么。”

要有充分的思想准备，要明白，一定会有困难，一定会有坎坷；

要有理性的心理准备，走向成功的路上，大风大浪是常态，一帆风顺则是个例；

要想清楚，得到的同时一定会有失去，而你所设定的目标值不值得你去追求，值不值得你为此舍弃掉一些东西，哪怕有些东西也是挺有价值、挺宝贵的；

要想清楚自己到底要什么，它是不是你应该真的应该去追求的，它是不是对于你真的有很大的意义，能够让你的人生达到一个很高的境界。如果是，那就不要犹豫；如果还没有想清楚，那还是应该好好地想一想，盲目地去做，往往会是很大的浪费。

思想上、心理上都准备好了，该想的问题也都想清楚了，也就是记住了那个必须记住的“原则”，那就奔着你的“信念”去吧，努力、执着，相信自己“一定会成功”。

从优秀到卓越，从完善自我到为企业做出更大的贡献，永远不要丢失你的信念，永远要清楚原则是什么——合上书的时候，我对自己说。

（2012.04）

我们都会这样的

——《谁动了我的奶酪》读后感

我们都会这样的，拥有的时候没有什么感觉，甚至还很麻木，一旦失去了，特别地受不了，喋喋不休地怪东怪西，怨气很大，唉声叹气。

我们都会这样的，失去后拼命地想着找回来，因为我们日复一日总是这样，习惯了，已经产生一种依赖了，以为生活原本就是这样，总是这样。

但是我们基本上都会失败的，我们再也找不回原来，找不到过去的那份感觉。

我们多想生活有一种特别的收获模式，得到以后便能够永远拥有，如此，我们的周围便会堆积起越来越多我们想得到的东西。

我们多想让别人多一些辛苦，自己多一些安逸，梦想成真的总是自己，一劳永逸总是自己，然后，享受，长久地享受。

但是我们往往都会很失望的，因为我们总是主宰不了这个世界，我们甚至掌握不了我们的人生。

当然，我们也可以尝试另外一种思路和心态，在拥有的时候很清醒，明白一切获得都不会是永久的，只有相对状态的占有，没有绝对意义的获得。于是就不会松懈，就会继续努力，让得到多于失去，甚至是远远地超过。同时还要提醒自己，生活永远是变化着的，未来不会也不可能是今天的重复和翻版，也不一定会比今天更为绚丽精彩。明白了，就不会纠结于一种模式和感觉，就会在不松懈的同时坦然、淡定。

某种意义上，这个世界是公平的，付出的就一定会有回报，得到一定会伴随着失去。

有人会说，方向不对的努力会有回报吗？其实是有的，那就是教训，是重新启动的平台。

有人会说，借助外力或者投机取巧的获得会伴随着失去吗？我想这是很明白的，因为他自身的生长能力在萎缩、丧失。

如果我们一定要计较一时一事的获得，那么我们就一定要明白，“获得”从来是一个综合的概念，有时它是物质的，有时它是精神的。

如果我们一定要清楚一点一滴的失去，那么我们就一定要知道，生活的意义有时就在于失去，唯有失去我们才有快感，唯有失去我们才有动力。

在一遍又一遍地读过《谁动了我的奶酪》这本书之后，我有了以上的一些想法，同时再一次地审视自己，我是谁？书中那四个有些搞怪的主人公中哪一个和我很相像、类似？

琢磨又琢磨之后，我发现自己应该经常有“嗅嗅”的敏感，但我常常没有“匆匆”的果断，太多的顾虑与松懈影响了我的行动；我一般不会像“哼哼”那样一条道走到黑，但也不是总能够像“唧唧”那样及时做出调整。想一想，其实这也是正常的，因为每个人本身就是一个综合体，只是在这样一个综合体里各种习性所占的比例是多少很关键。所谓的不断完善自己，就是要把这个比例调整到一个比较理想的状态。

要坚持不要固执，坚持自己的信念与追求，但绝不固守眼前的一切，忽视内在与外在的变化。对于新华书店来说，外部所发生的林林总总的一切，从表象上看，的确是负面的、消极的占了绝大部分，但这不一定就是不好的事，也许它们是一个警醒和契机，终结者与开拓者有时往往是共存于一体，关键在于我们怎么看怎么做。

就书城而言，如果我们只是看到市场在日渐萎缩，对手在日渐强大，我们一定会很消极；但如果我们沾沾自喜于自己每年都有一个好的增长，而忽略其中各种因素和自身的各种问题的话，我们又一定是一种盲目的乐观。

对于我们来说，其实市场还是很大的，只是我们没有感觉到，也很少走出去切身感受一下，从近一两年逐步开始的走出去尝试来看，外面的“奶酪”不但是丰富的，而且很新鲜。

有时候，我会设想我们这些新华人如果失去了自己的奶酪，会是怎样的一种状态，我可以很坦率地说我会很担心，因为我们不但已经失去了一个良好的心态，同时也失去了很多对外界的适应能力与自体再生的能力，我常与同事们在一起议论，以我们目前的状态，我们还能够做什么？没有一个比较清晰的思维，也没有一个比较敬业的工作状态；没有一个比较全面的综合素质与修养，也没有一身比较过硬的业务本领，走出新华书店的大门，我们能干什么？留在新华书店里，我们又能够干出点什么？

我们常常在抱怨，我们的付出在增加，我们的获得在减少；我们总是会说别人做得太少，自己做得太多；我们熟视无睹于身边的许多问题，我们无限放大自己的一些要求。

我们在想，是不是要等到一切都理顺了，我们才开始做；我们在想，是不是等到相对的公平到来后，我们才卖力做；我们还在想，什么时候我们的这份工作能够让许许多多的人羡慕。但我们就是没有想，所有的一切都不是可以一蹴而就的，而且，等到这一切真的到来的时候，我们是不是还适合于现在的岗位，还能够稳稳做着现在的这份工作。

我们要想，我们要多想一想，只有真正地去想并且想通了，我们才会有方向与目标，有信心与干劲，我们才会把职业的追求与自己人生的追求联系在一起，坦然接受与享受不断的变化，让自己的日子过得滋润、踏实。

的确，很多时候我们并不能左右我们的工作与生活，但这并不妨碍我们演绎自己的人生精彩，外界的评价只是一个部分，内心的感受才是最重要的，既然选择了一份工作，就把它做好，这是最低的要求，也是最高的境界。

（2013.04）

值得好好琢磨的笑话

——读《笑话中的经济学》

刚拿到《笑话中的经济学》的时候就读了一部分，这几天我又读了一大部分，总体感觉是这本笑话不简单，轻松的外表下，是一个个我们应该了解、必须掌握经济学方面的理论与常识。

我读这本书，一般是先看看小笑话，然后看一下几句话的“趣评”，再仔细读一读“笑话中的经济学”部分，感觉自己基本上清楚明白了，再回过头来琢磨一下“趣评”，便会有不同于之前的感受。

纵观全书，给我印象深刻的章节是第 5 辑“读笑话，谈消费者需求与产品市场”。读后感觉很有启发。

这个章节有 17 个笑话，几乎可以说个个对我都有启发和帮助，为了加强记忆，反复咀嚼，我把它们一条一条地抄下来，来它一个“理论联系实际”。正所谓：“读笑话书，谈书业事。”

需求层次：“消费者的需求是有层次的，赢得消费者的关键在于满足他们的现实需求。”——我们书城的读者何尝不是如此，读者的需求和偏好各有不同，我们要做的，就是千方百计地满足读者的这些需求，而不应该让读者跟着我们后面转，我们想进什么就卖什么？我们永远要记住，读者需求是第一位的，而读者的需求是分层次的。

消费者需求：“不同消费者对产品的需求有独特的个性需求。”——“个性需求”是构成读者总需求不可或缺的一部分，满足了读者的“个性需求”，往往就能够长久地留住读者，使他们成为信赖我们的“老读者”。

消费者偏好：“萝卜白菜各有所爱，消费者在选择商品时偏好各不相同。”——了解了这一点，我们就应该在满足率上下功夫，就可以以一个理解的姿态倾听读者的不满和抱怨。

市场细分：“消费者的需求是多样化的，因此，企业必须细分市场，以满足不同的消费需求。”——“细分市场”是提高满足率的一个重要举措，你只有清楚和明白了读者需要什么，才能够满足读者的需求，了解，是满足的前提和基础。

消费者示范效应：“一个小青年不会和他爷爷穿一样的衣服，但是会和他的同学或同事穿一样的衣服，背一样的包，理一样的头发。这就是消费的示范效应。”——因为有“消费者示范效应”的存在，我们就应该注意利用关键读者引导市场，同时了解市场动向，及时适应市场。所谓“关键读者”就是那些有号召力和决定权的读者，他们的爱好与阅读取向会影响一大批人。“了解市场动向，及时适应市场。”尽管有些被动和滞后，但也不失为一种行之有效的办法。

虚荣效应：“虚荣心使得人们在市场上乐于购买那些独一无二的高档品，以显示其地位。”——有些人买书主要是为了读，有些人买书主要是为了收藏（当然，很多读书人同时也是图书收藏者），有些人，则就是为了做效果、装门面，以显得有些文化和气氛。这些人自然也是我们的服务对象，在这方面，品种、品相、价格等元素相对重要得多。另外，但凡读书人，都会或多或少地追逐一些制作精良的精品书，以满足自己的某种情结。

凡勃伦效应：“一些商品价格定得越高，就越能受到消费者的青睐。”——对于这个问题，结合书业的具体情况，我的理解是：便宜并不是做好销售的必需，有人喜欢买便宜的，有人喜欢用消费表达所谓的实力和身份，这是现实。

消费者剩余：“当你对一件商品所支付的价格低于你愿意支付的价格时，这部分剩余叫消费者剩余，它是吸引消费者争相购买的有效动力。”——真正的读书人，往往是某种状态下的囊中羞涩，所以，特价书便会深受他们的欢迎。另外，特价书还可以让一部分犹豫不决的读者下单。

市场均衡："任何一件新产品的出现，都是从打破均衡开始来创造商机的。"——打破市场均衡，创造商机，是我们最没有意识、最不擅长的，也是我们亟待学习和实践的地方，是有着很大前景的一个方向。

市场需求："贴近市场开发产品，才有销路，为市场所接受，才能赢得客户。"——读者需要的，是我们应该引进的。一己的判断要服从于市场，这一点，毋庸置疑。

潜在需求："一旦条件成熟，潜在需求就转化为显现需求，为企业提供无穷的商机。"——这个"条件"，我们要去争取和创造。我曾经与同事们探讨：应该说，每一位到书店来的读者都是我们潜在的客户，一本心仪的书，或者一个好的接待，一番专业而生动的介绍，都可能激发他们的购买欲望，关键是要看我们怎么做。

产品生命周期："任何一种产品都会经历从诞生到成长，再到衰退，最终退出市场的生命周期。"——对于这一点，要有清醒的认识。但是，每一种商品的生命周期是不一样的，有的很短，热闹一阵子便过去了；有的很长，甚至能在很长一段时间里持续走高；有的，尽管从一开始就没有特别突出的表现，但是能够以一种不俗的态势走得很远。了解了这些，就会做到成竹在胸。

替代品效应："用途基本相同的商品在市场上互为代替品，一种商品降低价格，在增加自己销量的同时，会降低竞争产品的销量。"——同行业与本部门都是如此，要区别对待。如何对待本部门同质化的图书，如何在某一种（类）图书的销售上占领市场，都是值得我们好好研究的。

互补品效应："一种商品的销售能带动另一种商品的销售，这两种商品互为补品。"——这既是一个销售秘诀，也是一个常识，要了解，更要落实到实际中。

产品包装："一个能恰当地展现产品特性和内涵的包装设计往往

能为商品赢得更多的消费者。”——作为出版者，应该重视图书的脊背、封面以及护封、腰封等的设计与制作；作为一名书店的员工，则需要重视图书的外观的展示和保护，利用图书的外观元素宣传和推销图书。

过度包装：“产品的包装很重要，但最根本的还是产品本身的品质。”——更要重视图书的内涵，这是一本书的生命力的根本保证。

品牌个性：“品牌个性是品牌赖以存在的根本，丧失了个性，品牌也就消失了存在的依据。”——从自身来看，必须珍视和保护企业的品牌，自觉维护好“新华书店”这个金字招牌。从业务的角度来看，出版部门的口碑和实力，是我们与之合作的依据，也是我们销售时的卖点之一。

逐条理解、逐条琢磨之后，我发现自己的思维得到一次清理和提高，学无止境，做生意同样如此，只有用心尽力，才可能做得更好。这样看来，有时候，还真是不能小看了笑话。

（2013.11）

有关史玉柱的思绪碎片

——读《史玉柱自述——我的营销心得》

在没有读《史玉柱自述——我的营销心得》之前，对于史玉柱，我基本上是没有什么概念的，所有的信息加在一起，无非是：安徽人，“脑白金”是他搞的，特能忽悠，特别厉害，当然，他还有一座特别出名的烂尾楼。看了这本书，我才知道，他是一个特别有才、特别有激情的人，他的关注点早已经从网游转移到了金融。

在我看来，《史玉柱自述——我的营销心得》是一本编得不咋样的书，拼拼凑凑，将一些碎片化的东西弄到了一起。但不可否认的是，这本书的信息量还是很大的：它能够让我们学到很多营销的技巧与方法；能够唤起多年前的记忆，让我们了解许多幕后的故事；同时能够让我们受到很多的启示，关于产品、营销与人生。

“脑白金”可以说是史玉柱最为成功的一个产品，准确说，它的成功不是在于产品如何好，而在于其广告实在是太有特点了。搞怪、恶俗，多少年就那么一句“今年过节不收礼，收礼只收脑白金”，怎么能够一直那么火呢？想来应该是剑走偏锋、出其不意，让人们在不屑一顾或哈哈一笑的状态下牢牢地记住它。

史玉柱是一位广告奇人，他在广告上面的悟性极高，有些话语堪称经典。抄录几句，日后慢慢消化：一、病句是最容易让人记住的。二、广告其实是持续性投资。广告是一个积累，最怕的就是打一段时间就换。三、做广告，定位准确比广告形式更重要。四、最好的广告就是推销产品。五、广告是绝大部分企业的命脉。

应该承认，史玉柱对于媒体是非常了解的，他清楚什么电视台在什么地方影响大，通过分析比对，他发现“在乡镇一级，中央电视台占据绝对优势”。而他的产品是全国性的，而且它的消费是以三线城市及乡镇这一级市场为主的。充分了解了媒体，明晰了自身的产品定位，在什么地方投放广告，自然就不是个问题了。

用3个亿的钱，做了30亿的广告，史玉柱以其对于电视台和市场的了解，硬是用国际品牌在中国做广告成本十分之一的钱，让“脑白金”家喻户晓，获得了巨大的成功。谈判技巧、内部信息、投入广告的时机和技巧以及“海（海报）陆（商促）空（电视台）”的全面覆盖，成就了史玉柱的广告神话，不服还真的不行。

史玉柱论述产品广告的话，多读几遍，肯定会有收获：一、新产品上市，要告诉消费者相对多的信息。二、营销没有教科书，要靠自己摸索、体会。三、好广告是改出来的，发现错误就要改。四、最好的策划导师就是消费者。五、消费品公司，每个人都应该了解消费者。六、能让人记住的广告，特点就是不停地重复。

“明星效应对于广告效果作用有多大？”史玉柱认为：“明星代言没有用，你如果用一个明星，消费者看完之后都不知道这是谁花钱播的，因为他的注意力不在那个地方。”看了其比较详细的解读之后，感觉挺有道理的，多数明星代言的确是瞎掰，但也不能一概而论，比如陈道明代言的利郎，在我这儿就挺有效果的。

史玉柱说他自己适合创业，不适合守业，我想这应该和他的个性有关系。于是他在管理多元业务时，采取的办法是在某段时间内集中优势兵力做一件事，在同一个时间，一定只管一件事。这对我很有启发，的确，一个人的精力是有限的，所以要把有限的精力用在自己喜欢做的、必须做的事情上面，才有可能取得成功。

什么是“网游”？网游为什么会有那么大的魔力？看了史玉柱的解说，我自己有了一些了解。史玉柱因为自己喜欢玩网络游戏，玩着玩着就想着自己来开发，结果获得了巨大成功，挣了很多的钱。

这让人感慨：什么东西到了史玉柱手里，都能够让一大批人心甘情愿地掏钱，因为他摸清了他们的软肋。有点可怕啊！

“只要是面向消费者的生意，都要研究消费者。”史玉柱的这句话说得不错。但怎样去研究消费者，学问可就大了。作为一名生意人，如果我们守在店堂里混沌度日，不去观察研究我们的顾客，怎么可能做好生意。因为市场从来是青睐那些有心人的。用心做事，才可能有回报，想要消费者掏钱，你必须要让他们心动。

“只要有团队和产品，摔倒也能再起来。”“只要有信心和实力，摔倒了也能再起来。”前一句是史玉柱说的，后一句是我的。一个既团结又有实力的团队和一批优质的产品，是一个企业成功的关键，这个很容易理解。其实一个人又何尝不是如此呢？你只要精神不倒，实力在身，那么“从头再来”就不仅仅是一句歌词。

“策划在网游行业的地位”这一节我既没有多大兴趣，也似乎不大看得懂，但有一点感觉很深刻，那就是史玉柱玩转了玩家，是高人一个！还有几点印象很深刻：一、他在策划上花的精力最多；二、他认为让玩游戏的老手上手不难，最难的是让新手上手；三、他认为战术实际上说的就是细节；四、价值是压力压出来的。

史玉柱说：“一个企业付出的最大成本、最大的浪费，并不在于它的实际操作，实际上，决策失误所付出的代价是最高的。”现实中，决策失误这个代价最高的成本往往不是史玉柱所说的“策划”，明白的不敢说，或者人微言轻，拍板者则又不明白，“杯具”了。更为可怕的是那种故意的决策失误，当然这是另一个话题。

史玉柱说“做好一个产品要过产品关、策划关、团队和管理关”，其中最重要最难的是策划关。史玉柱又说：“做策划，最难的是广告语，这个广告语要既简单又有冲击力。”史玉柱还说：“凡是做好的产品，大多数名字取得不错。”我就想了，咱们图书城是不是也应该有这么一句“既简单又有冲击力”的广告语呢。

读史玉柱讲述其创业过程，感触很多，极高的研发天赋，极强的营销能力以及“破产”后的反思与重整旗鼓，都很感染人。尤其是他琢磨员工为什么愿意跟着他干的原因，即第一个是收入，第二个是自我价值的实现，很实在，也很有道理。他说：“老是用事业心、企业文化去淡化这个（钱），事实上是不对的。”

经过了顺境、逆境、顺境这么一个轮回之后，史玉柱说逆境有三大好处：一、逆境中成长最快；二、逆境中做事比较冷静；三、逆境中企业负责人过得更舒服。仔细琢磨一下，还是很有些道理的。另外，他听来的那句“成功的时候总结的经验是扭曲的，失败的时候总结的经验教训才是真实的”。也很有一些意味深长。

在谈到“如何从低谷中站起来”的时候，史玉柱提到了几个关键词和句：“不灰心”“果断地放弃”“重新起步要选择自己最熟悉的行业”“聚焦聚焦再聚焦”“在低谷的时候要及时总结”。当然，不是所有人都能够像史玉柱那样东山再起、再创辉煌，但我们可以尝试努力，为自己争取一个相对理想的未来。

读了史玉柱的微博，感觉还是颇有些味道的。比如他说“舍得”“祸福”“富贵”“年轻人”等，都很透，他说反对派有很多好处：一、反对派一般纯粹、简单；二、反对派从多数人的沉默和疏忽中挑毛病，话虽难听，往往有价值；三、挑刺是能力，发现不容易发现的问题，没有理由不善待有这种能力的人。

碎片化的图书，用碎片化的文字来写读后感，应该是合适的。边读边写，不会将那散落在文字中闪光的东西遗落了，不会将脑海里刹那间的感受与感动遗落了。这真是一次很不一般的阅读体验，像是在上一堂课，又像是在听一位老乡在吹牛聊天，很有趣，很开眼界，很有收获。从此认识他关注他，一个叫史玉柱的人。

（2014.03）

安徽图书城员工读书会阅读书目

卖书人也是读书人（外一篇）

——安徽图书城举办员工读书会

不花钱就能够得到一本好看实用的书，有这样的好事吗？你别说，在安徽图书城的“读书会”上就有这样的好事。只要你愿意，并且真的读了，那么就把这本书送给你。

初衷很简单，提倡、鼓励员工读书，因为作为书店的一员，无论是从加强自身修养方面考虑，还是从了解熟悉图书方面要求，都应该静下心来，读几本书，从这个意义上来说，卖书人应该是个读书人。

读完书后书合个影

于是想到成立一个员工读书组织，书城员工均视同为读书会会员，参加读书会的活动。设立读书会工作小组，负责挑选书目，设置测试题。它的活动流程是读书会工作小组选定书目；员工可从读书会工作小组以 8 折优惠的价格购买图书；会员独立撰写一篇不少于 800 字的读后感；10 天后择时举行读书会聚会。

读书会聚会是“读书会”的重头戏，交流读后感，现场测试，搞得像模像样。因为紧张，或者心中没底，难免会有些尴尬、搞怪的场面出现，气氛会一下子变得轻松起来。何况，还可以申请补测一次，仍然没通过，书款返还不了，就算自己买了一本书，也不影响继续参加下一轮活动，多宽容！另外还有抽奖环节，尽管奖品算不上丰富，但感觉还是很好，个个都很期待呢。

第一期读的是三联版《毛泽东的读书生活》，第二期是于娟的《此生未完成》，正在进行的第三期则将目光转向《经典天天读》。

开始的时候，大伙儿都有些忐忑，别太正式了，别太严肃了，读后感通不过怎么办？一期下来，大家都松了一口气，原来，读书也可以是一件比较轻松的事，甚至还是一件挺愉快的事情，静下心读读书，不但可以长知识，而且可以长见识，对于我们自身的业务，也是效果明显。比如，读了《毛泽东的读书生活》，对于《辞海》《红楼梦》的近代版本就有了一个比较清晰的了解；读了《此生未完成》，知道了一些医学常识和域外风情，这应该也算一个意外的收获吧。

在安徽图书城的读书会上，这样的“意外收获”肯定不止这些，因为大家明显感觉到，一本书给我们带来的，远远超出我们预期的长度和宽度，而那种意料之外的收获，给我们的感觉的确很好。

工作之余，捧起书本，卖书人也是读书人。

（2011.06）

附：

我们为什么还要读书？

——在安徽图书城首期读书会上的发言

为什么还要读书？

我们都已过了或者即将过了上学读书的年龄，为什么我们还要读书？

我们已经读了很多书，甚至我们的孩子都已经读了很多的书，为什么我们还要读书？

我们每天看报纸、看电视，什么不知道？什么不清楚？为什么我们还要读书？

我们天天面对着书，搬运它们、整理它们，把它们送到读者手里，为什么我们还要读书？

是啊，我们为什么还要读书？

我曾经对一位年轻的母亲说过，为了以后你孩子没完没了的这也为什么那也为什么，让他（她）觉得你了不起、很伟大，而不是看不上、瞧不起，觉得你没文化，所以你需要读书。是的，为了你的孩子（或者孙子），你必须读书。

我曾经对一位年轻的小伙子说，为了你和别人聊天甚至吹牛的时候，你可以比别人知道得更多更准，你能够说得别人一愣一愣地直佩服，你需要读书。是的，为了你以后的交际，为了能够给更多的人留下个好印象，你必须要读书。

我曾经有很多时候追求一些不该追求的，计较一些不该计较的，看不明白许多东西，搞不清楚许多问题，但后来我发现读书可以教会我许多，让我明白许多，让我的日子自在许多、敞亮许多。看来，为了好好地活着，潇洒自如地活着，我们必须读书。

你们都是我的同事，你们应该记得，我曾经在不同的场合说过

安徽图书城员工读书会

的话。一句，哪怕仅仅是一句内行的话，没准就会促成一笔生意。因为我们是图书城的员工，介绍图书、让读者买到他们想要的图书是我们的义务，卖更多的书，让更多的书随着读者从图书城大门出去，而不是从图书城的后门退回到出版社去，这是我们努力的方向，因为只有卖更多的书，我们才会有更好的收益。因此，为了我们的工作和生活，我们必须读书。

我说清楚了吗？你们听明白了吗？我的同事们，我的同学们，为了一个更好的未来与更好的人生，让我们读书吧！

从现在开始，加入我们安徽图书城的读书会！

谢谢你们！

(2011.06)

因书结缘

我们曾经相遇过

陈香梅

陈香梅是我见到的第一位签售嘉宾。1996 年 3 月，开业已经 11 年的合肥科教书店已经有些陈旧，为了迎接陈香梅的到来，大楼上下装扮一新，货运电梯刷上果绿色油漆，狭小的卫生间被粉刷一新，喷了香水。岁数不小，个头不高，浓妆艳抹并且夸张另类，随从甚众，作品印制高档，陈香梅着实给合肥人一个不小的刺激。

敬一丹

1998 年前后，应该是明星出书的一个高潮，这其中就包括敬一丹的《声音》。现在想想，那时候真是简单，央视名嘴，既没有前呼后拥、戒备森严，也没有什么背景音响红地毯，就这么简简单单地在书店大门口摆几个书架、一排桌子，敬一丹到了以后，坐下就签。本来就是邻家大姐的范儿，那一天更是特别的随和、亲切。

叶永烈

叶永烈先生两次来合肥签售，我都参与接待。1998 年 9 月 26 日，叶先生第一次来合肥，正值合肥科教书店装修重开。给我印象深刻的是叶先生性格温和，夫人则文雅端庄。记得那天叶先生白天签售后，晚上又到省电台做节目，我陪同他去的电台。接触多了，印象自然也就深刻，十二年后再次相见，彼此都感觉特别亲切。

刘 墉

刘墉是第一位到合肥来签名售书的台湾作家，在合肥引起了不小的轰动。白净精神的外表，优雅机智的谈吐，无不给人们留下深刻的印象。他在安大的报告会，我们一家三口都去了。当时刘墉见台下太挤，便邀请大家到台上去，我 7 岁的儿子拉着他妈妈跑了上去，和一帮人坐在地板上，伴随着刘墉的演讲，不时哈哈大笑。

林清玄

台湾作家林清玄 1999 年 4 月来合肥，和刘墉相比，林清玄长得是有些困难，但他的学识修养和机智幽默，却一点也不输刘墉。他在科大的演讲非常精彩，让人们在笑声中接受了他，同时受到启发，有所收获。林清玄和刘墉的作品应该都属于快餐励志读物，但因为其文字机敏，视角独特，长期以来广受青少年读者的喜爱。

水均益

1998 年，央视名嘴水均益出版了其第一本书《前沿故事》；第二年的 6 月，水均益来合肥签售，引发不小的轰动。15 年前的水均益，因为许多的涉外报道，火得不得了，他的书大卖 50 万册，自然也是情理之中的事。春天，当朋友将水均益签名题赠的新作《益往直前》转送给我的时候，很有些感慨，一转眼，15 年过去了。

程 前

对程前了解不多，著名反派演员程之的儿子，20 世纪 90 年代是央视很红的主持人，1998 年出版了《本色》一书，如此而已。在我的印象中，无论是主持正大综艺还是央视春晚，程前都是一脸的玩世不恭，颇受观众的青睐。但有时候过了，便显得有些油滑。后来程前离开央视，没折腾出什么来，渐渐淡出了人们的视线。

郁　秀

郁秀来合肥的时候，应该超过 25 岁了，而且还在美国读了 4 年的大学。但在我的眼里，不过是一个瘦弱的小姑娘，话不多，声音也不大。但就是这么一个小姑娘，16 岁的时候，写出了著名的《花季雨季》。签售后，新安晚报的“花季雨季”专栏在光明影都，举办了一个大型的小读者见面会，我陪同郁秀参加了这次活动。

天下霸唱

天下霸唱被称为中国最具想象力的作家，其代表作《鬼吹灯》系列小说风靡一时，从而引起“盗墓”小说畅销盛行。2008 年 3 月，天下霸唱到合肥做签售的时候，有 30 岁了，但因为不言不语，看上去有些木讷，感觉还是个憨厚可爱的大男孩。记者见面会上，他说了他的写作过程和感悟，话语朴实真诚，很能够打动人。

曹文轩

来自北京大学的曹文轩一身的书卷气，说起话来温文尔雅。2008 年 5 月，他来合肥做活动的时候，我全程陪同，近距离感受到了这位学者型的儿童文学作家的学养和魅力。清楚地记得，在一所小学，曹文轩给小同学们讲的一个故事，结尾很唯美，打动现场每一个人。那几天，《草房子》和《青铜葵花》是书店最热门的书。

石钟山

对于石钟山，我一直觉得有些抱歉，由于我们的原因，造成当时因为《激情燃烧的岁月》而红火得不得了的他，在合肥走了麦城。没有读者的时候，我真是心乱如麻，感觉自己之前在其行程安排上应该坚持自己的观点。所幸一些过路的大妈们发现眼前这位帅哥竟然就是大名鼎鼎的石钟山，于是有了一个小小的高潮。

商晓娜

应该承认，2009 年之前，我并不知道商晓娜，2009 年 3 月接待过她之后，我对她的了解依然不多，这估计还是因为我与儿童文学有些距离，但我记住了她那次签售的系列图书的名字——《我们班的博客》。博客在 5 年前，还算是比较新鲜的东西，对于孩子们来说尤其是如此。商晓娜显然是赶了一回时尚，做了一些尝试。

余愓君

12 年前，著名保健专家洪昭光出版了一本著名的《登上健康快车》，风靡全国。6 年前，一本快乐大使余愓君首度对话洪昭光教授的书《你可以活得更好》出版；5 年前，2009 年 3 月，余愓君教授作为读者沙龙的嘉宾来到四牌楼书店。他与读者分享养生心得，提出养生先养心，因为“生活原本很简单，快乐其实很容易”。

卢　勤

2009 年 4 月，我见到著名的“知心姐姐”卢勤时，知心姐姐已经年过六旬了，但无论是外形还是风度，都是没的说。所著《写给年轻妈妈》《做人与做事》《写给世纪父母》《把孩子培养成财富》《告诉孩子，你真棒!》《长大不容易》等书，叫好又叫座，很不简单。其主张与理念，也非常值得家长们深思。

阎崇年

阎崇年到合肥来签名售书，让我很担心，因为前一年（2008）的 10 月，阎崇年在无锡书店被人打了。为此我们采取了一系列的措施，包括签售台的位置，保障人员的配置，紧急情况的处理预案等等。所幸风平浪静，秩序井然。之后，我陪记者去阎崇年的房间采访，并签一些书，阎崇年的言语和做派让我着实有些诧异。

陈丹青

陈丹青是一位很有个性和内涵的人，看上去平和大气，说起话来简洁生动。接触几次，特别是读了他的书以后，我在想，是什么造就了他的广博、敏感和犀利。应该还是与他的勤奋、多思，特别是他多年的国外生活经历有关系。但凡一个积极向上的人，无论是做什么，都会全心全意、全力以赴，那么其成功也是必然的。

苏　童

苏童是一位儒雅谦和的人，这在他的做派与话语中都可以找到佐证。许多人都认为苏童应该是一副衰老颓废的外形，否则，怎么可能写出诸如《红粉》和《妻妾成群》这样的作品？可苏童恰恰长得壮壮实实的，而且貌似憨厚，这真是没有办法的事情。苏童 2009 年 5 月在合肥签售的图书是《碧奴》，讲述了孟姜女哭长城的故事。

苏童与作者合影

毕淑敏

我承认我有的时候有些狭隘，所以，当我感觉毕淑敏有些冷落我的读者时，便立马将我的不满写在脸上。5 年之后回头再想，每个人都有自己做人做事的准则，还是应该互相理解才是。有人不愿意写自己名字之外的任何一个字，有的人干脆就拿一个戳子这么一盖了之，很正常。只是如果那样，就不应该再叫签名售书了。

十九番

十九番是一个修长干净的大男孩，2009 年 7 月，为他的作品《兔子帮》市场营销的事情我们见过一面，当时他还即兴为我画了一幅漫画。据说十九是他的幸运数字，所以就改名十九番，但在我看来，这其中应该包含着他的理想和方向。5 年过去了，不知道这位从事过很多职业，最后矢志于动漫产业的小伙子过得怎么样？

消失宾妮

郭敬明写作团队的那些年轻作家们一共来过合肥两次，消失宾妮是其中唯一两次都在的作家。消失宾妮，二十多岁的一个精致的小姑娘，有些矜持。不过熟悉之后，感觉还是蛮可爱的。特别是 2010 年她第二次来合肥时，我请她和李枫（一个可爱小伙子）吃合肥土菜和大龙虾的时候，两个人有说有笑的，看上去开心极了。

田科武

对于田科武，之前了解得并不多，以为只是单纯的儿童教育专家。查了资料才知道，他是作家，知名媒体人，名头蛮多的。但现实版的田科武绝对是一位文雅谦和的人，那一天人不是太多，我们有机会有一搭没一搭地聊上几句。他说他没想到这两本翻译整理的作品，《自尊男孩手册》居然没有《自尊女孩手册》卖得好。

六 六

六六是从合肥走出去的女作家，因为一部《王贵和安娜》而为世人关注，因为《双面胶》特别是《蜗居》而声名大噪。感觉六六是一个爽朗泼辣的人，快人快语，没有传说的那样“得僵”。杏花公园的草坪上，游人很多，六六时不时签上几本书，很放松的样子。我当时挺后悔的，如果是在书城，那一定会是很轰动的。

莫 言

每年一月的北京图书订货会，是全国出版发行业的盛会。我参加过多次这样的会议，每次都有一些新的感受和收获。2010 年 1 月 9 日，我照例在巨大的会场里转悠的时候，看见了莫言作品《蛙》的发布会。莫言和一个男性主持人坐在大背景前，说着什么，旁边围了一些人，感觉有些单调，于是拍了几张照片便离开了。

张 悦

中央电视台 1983 年开办的“为您服务”栏目很受欢迎，6 年后，中央人民广播电台播音员赵悦接手“为您服务”，继续第一任主持人沈力的风格，广受欢迎。1998 年，张悦开始主持“夕阳红”，2010 年 3 月她与黄薇来合肥的时候，依然是这个身份。年近六十的张悦清雅大气，和蔼可亲，受到众多老年读者的欢迎，场面异常火爆。

黄 薇

1996 年，32 岁的黄薇开始主持央视的“夕阳红”栏目，1999 年，黄薇作为央视唯一特批的特型演员，在电影《李知凡太太》出演邓颖超。从此一发不可收，已经多次在电影和电视剧里扮演不同年龄段的邓颖超。我看过她演的邓颖超，看上去要美化不少，但那感觉和味道还是有的。私下里的黄薇，气质和谈吐也都是上乘的。

鲍鹏山

鲍鹏山是六安人，所以他在央视“百家讲坛”上演讲的时候，说的是一口近似“江普”（江淮普通话）的话，这让合肥人有一种亲切的感觉。2010 年 4 月他到合肥四牌楼书店签售的时候，着实火了一把，媒体的记者中都不乏他的粉丝。鲍鹏山是一位看上去特憨厚的人，我在不到半年的时间里两次接待他，感觉是一样的。

王　蒙

王蒙是我年轻时崇拜的偶像级作家，传奇而又坎坷的人生经历让我敬佩不已。他的夫人崔瑞芳（笔名方蕤）在几十年的风风雨雨中一直不离不弃地陪伴着他。2010 年 4 月，王蒙夫妇来到安徽图书城签售，我被临时指派为主持人，近距离地接触了这对患难夫妻。记得那天他们俩签售的分别是《老子十八讲》和《我的先生王蒙》。

作者主持王蒙、方蕤伉俪签售会

东 子

东子是一位教育专家，也是一个极有个性的人。2010 年 5 月，我第一次见到他后，就与他建立了很好的关系，回去的路上他一直在读我的《就这样，我们赢了!》，然后写了一篇《父亲的臂膀》。他再次来合肥的时候，遭遇了一些不愉快，我赶过去后，他和我谈了不少掏心窝的话。这些年我们一直保持着短信和网络联系。

莫砺锋

莫砺锋因为其在央视“百家讲坛”上的“莫砺锋说白居易”而走红，书稿，由安徽文艺出版社出版，其新作的签售会在安徽图书城举行是顺理成章的事情。1949 年出生，1966 年高中毕业，后下放农村十年，1984 年成为新中国第一个文学博士，教授、博导，这样的经历与成就，讲唐诗，讲白居易，自然也是顺理成章的事情。

尚 阳

尚阳，著名企业管理专家、营销战略专家、分销渠道专家，拥有许多经历和头衔，服务过多家知名的企业和上市公司，出版有多部畅销作品。他 2010 年 5 月底到合肥来签售的作品，是其畅销作品《你在为谁读书》的续集：《成就最好的自己》。尚阳是杭州人，看上去白净儒雅，说起话来温和简洁，是一位极有修养和智慧的人。

秦文君

我和秦文君只有一面之缘，虽然她来过合肥不止一次。2010 年 6 月她在合肥的最后一场活动及工作餐我参加了，我们谈得很好，还约定下次来合肥安排一场实场签售。印象中的秦文君文静而拘谨，似乎还有些端，这与其他少儿文学作家有些不一样。其代表作《男生贾里》《女生贾梅》《小鬼鲁智胜》等影响力都很大。

沈石溪

沈石溪是一个上海人，但却在云南生活了十八年。他的作品有一个鲜明特点，那就是以动物为主要描写对象，他因此被誉为“中国动物小说大王”。沈石溪年近六旬，看上去也不是那么和蔼可亲，但只要他一开口，孩子们的注意力一下子就被他吸引了过去。其代表作有《狼王梦》《第七只猎犬》《斑羚飞渡》等。

郝明义

郝明义的人生经历有些传奇，出生在韩国，1 岁时患小儿麻痹症，33 岁时被诊断为脊椎严重地扭曲变形，医生连轮椅都不建议他坐。他被誉为“独具慧眼的出版人”，有着许多成功的案例。郝明义到安徽图书城签售的时候，我推着坐在轮椅上的他，在一排排书架间转悠，他密集地拍着照片，我们散散地聊着，感觉很好。

春　树

春树是一个叛逆的姑娘，几乎所有人都这么认为，我也不例外。其夸张的妆饰，更是让我在见面的瞬间，对她有一种隔阂感。但当我打开她的作品《北京娃娃》，发现我对她那种先入为主的看法是不对的。利用空闲时间，我们聊了一会儿，她给我的感觉是一个极富个性、很有才情的姑娘，一个日臻成熟的文学人。

叶　檀

叶檀，复旦大学历史学博士，知名的财经评论家、财经专栏作家，《每日经济新闻》首席评论员、主笔，《解放日报》经济评论员，央视财经频道特约评论员，这个界跨得有些大。见到叶檀之前，我对她没有什么了解，见面之后，发现这位著名的财经评论员挺小巧精致的，而退至休息室的她，有着一种浓厚的沧桑感。

毛　尖

“毛尖”竟然就是她的本名，这让我有些意外。她新书的名字竟然叫《乱来》，这又让我有些意外，对于她富有才情与尖刻犀利的文笔早有些耳闻，因此见到毛尖的时候，我反而不感觉意外，因为毛尖就应该是这个样子：冷静、中性。有评价说，毛尖的散文才气洋溢，有一种很聪明、很狡黠的智慧在里面，这样的评价不得了。

钱文忠

钱文忠给我印象最深的地方，不是他的师出名门的博学，也不是他的荧屏的风采，而是他的藏书。他说他有几处房子，都是一处房子被书塞满了，再买一套新的。我想，如果真是这样的话，那的确是一件让人羡慕不已的事。爱书的人都有一个共同的烦恼，那就是家里永远找不到放书的地方，快乐并烦恼着，伴随一生。

梁文道

梁文道到安徽图书城签售的时候，我正在紧锣密鼓地筹备第一期“周末七点档・新安读书沙龙”，对于他就那么远远地望一眼，一位主持人，一位作家，一位拥有许多粉丝的明星式的人物，就这么错过了，的确是有些可惜。想来人生有时候就是这样，总是会有一些不期而遇和一些擦肩而过，留下的，唯有感慨和叹息。

郭敬明

在不同的地方和场合见过郭敬明，在合肥，是 2010 年的 9 月。被粉丝们称为“小四”的郭敬明，尽管长得颇为精致，却有着极大的气场。签售那天，粉丝的狂热劲头，出乎我们的预料。我基本上没有读过他的书，这是个问题，因为郭敬明的成功一定是有原因的。而要探寻其中的原因，最重要的途径，就是阅读他的作品。

郑春华

多次见过郑春华，我们从一开始保持距离的客客气气，到后来彼此成为比较信赖的朋友关系，应该归功于我们之间有着很多次沟通交流的机会。郑春华性格比较内向，有些不苟言笑，我想这或许也是其戏红人不红的原因之一吧。想想也是，《大头儿子小头爸爸》，多火的一部作品啊，可有多少人知道它的作者？

孙云晓

孙云晓先生给我的印象挺深刻，我还曾专文写过他，抄一段放在这里：“孙云晓先生曾经说过：‘一个父亲胜过百名老师’，可见父亲在家庭教育中的位置。孙云晓先生认为，对于孩子，特别是男孩子来说，父亲的关心和教育，至关重要。有时候，母亲费半天劲也解决不了的问题，由父亲出面，就会变得简单得多。”

白岩松

对于白岩松，其实有很多话可说，比如他的才情，比如他的自负，比如他的某种程度的偏激和愤青。但总体说来，他还是一个挺了不得的人物。央视名嘴来合肥做签售的不下 10 人，白岩松的人气指数名列前茅。没有办法，那么好的一个平台，那么扎实的功底，那么机智的处置和应变能力，注定了他的成功和声名远扬。

鞠　萍

鞠萍在央视也算是元老级的人物了，尽管我们见到她的时候，她已经不再年轻，但那份亲切机灵劲儿，一点也没有减少。在我看来，做少儿节目的主持人，实际上是一件很不容易的事情，在分寸的拿捏上讲究可不少。年龄的大小还真不是最主要的，感觉和状态才是最关键的。这在鞠萍，已不是问题，那感觉不用去找。

陈 村

陈村曾经下放安徽无为几年，后来病退回了上海。很多年前读过他的一篇写给儿子的信，回顾他在安徽的点点滴滴，非常流畅生动，给我留下了很深的印象。也正是这篇文字，让我误以为陈村有一个儿子。陈村听了我的话，笑了，我那时还没有孩子呢，我家里是女儿。我那天还带去一本他的作品集，名字叫《手痒》。

阿 来

阿来在合肥的报告会我去听了，他那天讲的是“阅读的敌人”。后来阿来到安徽图书城签售的时候，我们自然就多了一些话题。阿来身上有着藏族人的血统，他的作品主要描写对象是藏族的历史和藏民的生活。他的代表作《尘埃落定》写得的确是很好，他的一些短篇写得很抒情很优美，让我感觉他首先应该是一位诗人。

阿来与作者合影

赵斌元

本来赵斌元是不会这么密集地在全国各地出头露面的，因为他的工作性质不需要他这么做。但他的妻子去世了，留下来一本《此生未完成》，而他必须要帮他的妻子完成心愿。于是我们有机会认识，有了几次交往，记得我们在寄还于娟的两枚印章的时候，给他们的儿子“土豆”捎上一个大玩具，赵斌元还特地表示感谢。

叶兆言

见到叶兆言是在他的专场报告会上。我坐在那儿，听他说他与安徽的关系，说南京和江苏、安徽的关系，说文学是一种注定，说他的文学家族对他的影响。叶兆言不是一个特别擅长演讲的人，他站在那儿，不紧不慢地说着一些故事、一些感慨，就这样进入我们的耳朵里和我们的脑海中。这种场合与感觉，的确很好。

杨红樱

我接触过的儿童文学作家不少，总体感觉，相比其他作家，他们的身上世俗功利的东西要多一些，这估计与他们作品的市场形势有很大关系。杨红樱曾经是 2010 年中国作家首富，她的作品卖得非常好，孩子们非常喜欢。但一些家长和老师似乎并不认可，在他们看来，杨红樱的作品不是纯文学的，对孩子有一定的副作用。

赵剑敏

赵剑敏教授一副标准的学者做派，10 卷本《大三国》可谓鸿篇巨制，耗费了他整整十年的光阴。赵教授长期研究中国历史、文化、人物、古代典章制度、政治思想等，著有多部历史题材的作品，曾经获得多种奖项，对于这么一位小众学者，我的宣传词是：“潜心十年　新年首签——著名历史学者　第十一届中国图书奖得主”。

倪　萍

印象中的倪萍质朴、善良、亲切，绝对的邻家大姐形象。可是2012年某天，当她昂然走过我身边的时候，我竟然有一种惊愕的感觉：不但人高马大，似乎还有一些盛气凌人。再看随后媒体、网络上的照片，那个扮相，大妈一个。后来想通了，见过很多走下荧屏瘦身的，很少遇见倪萍这款的，更何况还是一位山东大姐呢。

六小龄童

中午，陪同六小龄童午餐，感觉他是一位精明能干的人，最有意思的是，大家坐定之后，还没有寒暄结束，他忽然对我说："我感觉你好面熟。"有些尴尬的我竟然说了一句："我看你也好面熟。"不过随后我告诉了他为什么"好面熟"的原因，然后我们谈了一些安徽戏剧界的名人轶事，一时间感觉彼此之间近乎多了。

李　响

李响的名气很大，据说他主持的"职来职往"等节目的收视率挺高。2012年5月，他的第一本书《响聊聊职场》出版，6月，他来到合肥举办签售会。一个挺厚实谦和的小伙子，没有一些主持人的那股戾气。这样的感觉在年初的一次遭遇之后愈发强烈起来。还有一个细节：那一天活动后，李响累得靠在沙发上就睡着了。

南派三叔

南派三叔，一个让我感觉挺怪异的名字。写过《盗墓笔记》系列、《大漠苍狼》系列等作品，名气由此大振，粉丝无以计数，被誉为中国探险类第一畅销书作家，2011年以1580万元登上中国作家富豪榜第二位。签售《藏海花》那一天，书城里人满为患，粉丝们或装扮怪异，或激动得尖叫、流泪，实在是出乎我的意料之外。

高　敏

现在的人认识吴敏霞、郭晶晶，或许还会记得伏明霞，但现在的人如果还记得高敏，那就是件很不容易的事情。其实时间并不长，二十多年前，1986 年至 1992 年，在世界上各种跳水赛中保持不败，获得 70 多枚金牌，11 项世界冠军，人称“跳板女皇”。后来，退役、移民、再婚、生子，然后又回来了，做电视娱乐节目、出书。

赵美萍

赵美萍的书和故事都是属于“知音体”，特励志的那种。尽管现在的赵美萍有一个很不错的生活，但我似乎还是能够感觉到她风光美满之后的苍凉。应该说，一个经历过太多苦难和牺牲的人，是难以过上所谓幸福的生活的，因为过去的一切，不是一朝一夕就可以抹去的，所以，我们还是要给予赵美萍更多的关怀和祝福。

马　原

马原是先锋派小说开拓者之一，与余华、苏童、洪峰、格非并称先锋文学五虎将。他当过农民、钳工。1982 年大学毕业后进西藏，做记者，并开始发表作品，著有《冈底斯的诱惑》《西海的无帆船》《虚构》等。2013 年 9 月马原带着他的最新作品《牛鬼蛇神》来合肥，述说他 2008 年生病之后，对生命、世界的最新理解。

解玺璋

对解玺璋的了解，是从见到他之后开始的。60 岁，祖籍山东，生于北京，长期供职于媒体，写过各种评论、杂文、随笔千余篇，出版《喧嚣与寂寞》《雅俗》等专著，其电影评论集《说影》由安徽人民出版社出版。那天晚上我们谈得最多的是张恨水，因为他曾经写过张恨水。有了共同的话题，感觉时间过得就很快。

苏叔阳

苏叔阳先生来合肥不过两三天，我听苏先生的演讲及私下和他在一起的时间，分别不过两三个小时，但苏叔阳先生给我的印象却是深刻的，特别是在晚餐的时候，苏先生说的一些文坛往事、轶事，有些很沉重，有些则有些趣味。当然最让我感动的，是苏先生应邀为各界人士题了很多字之后，欣然为我这本书题写书名。

郑小驴

湖南籍作家郑小驴生于 1986 年，有小说集《1921 年的童谣》《痒》等，长篇小说《西洲曲》2013 年 7 月由人民文学出版社出版。其作品《少儿不宜》入选安徽文艺出版社“新生代作家小说精选大系”丛书。2014 年 5 月 18 日，郑小驴等 8 位年轻的作家联合签售之后，我和他们有过一段相对轻松的时光，感受他们的率真与机敏。

李　锐

李锐祖籍四川，生于北京，1969 年下放山西农村，做过农民、工人。有作品《厚土》《无风之树》《银城故事》等。诺贝尔文学奖评委会唯一的汉学家马悦然一直在翻译他的作品，他因此被认为是少数几个可能问鼎诺奖的中国作家之一。其夫人蒋韵、女儿笛安，也是著名的文学人，看过他的《传说之死》，印象深刻。

听苏叔阳老师聊天

在我的印象中，苏叔阳先生是一位极著名的大作家，他因为一部《丹心谱》而广为人知，要知道在 20 世纪 70 年代末，一部好作品会给作者带来巨大的影响和荣誉，而《丹心谱》就是这样一部作品，有人曾说《丹心谱》是一部里程碑式的作品。后来，苏先生又有很多部话剧、电影、小说作品问世，近些年的《中国读本》更是引发公众的广泛关注。但即便如此，说实话，我对苏先生的了解还是很少的。不过，这样的状态到昨天（3 月 22 日）有了一个很大的改变。

苏叔阳与作者合影

说起来还真的要感谢“大湖之约——艺术名家大讲堂”，因为这么一个公益讲座，使得很多人有机会和一些艺术名家近距离地接触，听听这些名家的经历和观点，从而有所启迪和收获。比如这次，我感觉自己在走近苏叔阳先生的同时，无论是在思想的深度与广度，还是在对待人生的态度，都有着不少的收获。

苏叔阳先生属于那种平易近人、和蔼可亲的名人，不摆架子，不故作高深，更没有那种拒人于千里之外的傲慢。记者见面会的时候，他娓娓道来，聊天似的；报告会的时候，他侃侃而谈，竟然也像聊天似的。但聊着聊着，便会将你带入到他的精神世界中，让你感慨、让你点头称是，让你发出会意的笑声，让你陷入沉思。

给我印象深刻的是他对于徽文化，对于一些文化名人，对于中小学的教育以及社会风气、个人操守，特别是关于精神上的高贵的论述。

在比较详细地谈了他对桐城学派、胡适、陈独秀等人的敬佩与敬仰之后，苏叔阳先生起身，面向台下深深地鞠了一躬，让人既感动又震撼。

苏先生关于中小学生作文与演讲教育问题的论述，有个性，有深度，中国乐于教孩子们写作文，而忽视孩子们的演讲能力，所以，很多会写的人说不好话，在外国，大家都注重个人的语言表达能力，而会说话的人，他所说出的话就是一篇好文章。

关于社会风气问题，苏先生直言不讳地说“利益集团的生活方式和生活作风影响了社会的生活风气，以至于不讲诚信，说假话成风。

整个演讲中，苏先生反复提到“精神上的高贵这个”概念。他说，我们应该“向先辈学习，自我尊贵，追求崇高，内心该高贵”。在苏先生的心目中，屈原、司马迁、陶渊明、谭嗣同等都是“内心高贵”的人。苏先生认为，屈原是中国知识分子高贵精神的典范。

他是为他的原则而活着的，当他的原则不存在的时候，生命就对他没有意义了。陶渊明他们能够自我守节，所以才会有那么美丽的高标准的文章。

在苏先生看来，中国文人的原则性、自尊，越来越淡漠了，中国人的生活自元代开始，世俗化了，而中华民族原本是一个诗性的民族。假如晚清没有谭嗣同，中国文人的脸上是非常难看的。

当今“中国的作家，中国的文化人，中国的艺术家，至少应该追求一些精神上的崇高，不是瞧不起别人，而是自我守节，守着自己道德的清高，内心的这块圣洁的土地，不被其他的给忽悠了，这才有一些意思。”

关于文学，苏先生显然是很有些话要说的。对于当前文坛的一些乱象，苏先生很直率地亮出了自己的观点：“文学艺术，如果不带感情，要它干吗？”与此同时，对于当代文艺界的一些问题，苏先生更是有些痛心疾首，因为在苏先生看来：一些“很尊贵的人，内心居然没有崇高感”。可尽管如此，苏先生在面对俄国姑娘“你们中国作家写作难道就是为了钱吗？”这样的提问时，苏先生还是很有些打肿脸充胖子地说：“姑娘，你说错了，我们作家的心灵和俄罗斯的作家是一样的，我们都非常尊重俄罗斯的十二月党人，十二月党人可以说是心灵高贵的典范，我们是一样的。”

事实上，苏先生还是挺纠结于如今大家都一头劲地挣钱捞钱，他很有些不屑地说道：“要那么多钱干吗？那不发烧吗？你住房多大，你也就睡那么几平方米，你总不能晚上打滚儿睡，这屋睡 10 分钟那屋睡 10 分钟。”话音刚落，掌声一片。

说到自己，苏先生说：“我自己没出息，给我自己定了个‘三事’：政治上不惹事（因为不懂政治），经济上没有事（没有经济意识），多多少少给民族办点事。”他说自己是：“本事不大，活着就干，因为第二天（明天）的太阳我没有见过，我要见见第二天的太阳。”人们又报以热烈的掌声，向这位曾经遭遇两次癌症的老人致敬。

苏叔阳先生1993年被查出患癌症，先因胃癌切除一部分胃，又因肺癌切除左肺，又切去了脾脏。虽有这些痛苦经历，他依然笔耕不辍，写了300多万字的文章，出版了诸多著作。很不容易，很不简单。他调侃道：如今电影界的朋友一得癌症，就问我怎么治？好像我是大夫似的。

报告会持续了3个多小时，稍事休息，又很有兴致地挥毫题词，很是辛苦，但出乎大家意料之外的是，晚餐的时候，苏先生依然是兴致不减，聊得更欢了。

苏先生是河北人，但却因为其鲜明的写作风格，被誉为“京味小说八大家之一”。说话时也是一口的京腔京韵，让人感叹的是，苏先生的语言能力的确是很强，各种方言变换自如。私下里闲聊，感觉苏先生更放开了一些，聊的内容也更为宽泛轻松，有些细节称得上是“揭秘”，让人在惊讶诧异的同时，生发出许多的感慨。当然，更多的是笑声，因为苏先生的风趣幽默，因为世态的丰富多彩。

听苏叔阳先生聊天，真是很享受的一件事。

（2014.03）

一个儒雅智慧的人

——陈丹青印象

这些年由于工作的关系，见过不少的文化名人或“准名人”，但又仅仅因为是工作关系，大都只是有过一些泛泛的接触，说些客套的话，做些客套的事，然后就是，他们走了，留下些许的印象。

由于这个“工作”大多是与签名售书活动有关系，因此又多出一些其他的感受。由于关注点集中在“活动”是否成功，更准确地说，是“是否过得去”，便容易将所谓的“嘉宾”给忽视了。事后回想，如此真是本末倒置，将一些讨教和观察的机会给放过了，的确有些可惜又无奈。

陈丹青与作者合影

此次陈丹青先生来了，属于一帮名人“接踵而至”中的一位，事先的准备一切都是按程序走的，其中就包括了解一下他的作品。

陈丹青的大名早就是知道的，应该属于总有动静的新闻人物，因而也是了解一些他的观点和花絮的。但其作品，买过，没有很正式地读过。结果一读起来，竟然是不由得佩服，放不下手了。

于是，赶紧将其属于一个出版社的 5 本作品全部买下，等着陈先生来，当一回“追星族”。同事中有同好者，有全部买的，也有挑上个三两本的。

陈先生是 5 月 8 日到合肥的，两天的行程里，两场报告会，一场签售。8 日晚间，正翻看着他的最新集子《荒废集》，有短信来：“陈丹青的书果然好看！还要买。”我笑了：“那你可要破费了。”的确，有时候，该花的钱是省不了的，即便是每日面对着柴米油盐不免算计的女士也是如此。与同事短信交流以及接下去继续沉醉于“荒废”的时候，估计也是陈先生到合肥的时分。

有人提前索要名人签名本的事，有过，但不多。如今的人们对于书，淡了太多，签售之事，除了“明星”级的热门人物，余下的，也淡。无论你是多大的“腕”，或许是多了，也很难得提得起精神。但这回，竟然是不止一位索要陈先生的签名本。供职媒体的一位兄长告诉我：“陈丹青不错的，有机会和他交流交流。”

新闻界的热情也是出乎我的预料，预约采访的事还真是不少，有些“总动员”的感觉，足见陈先生的影响和分量，不由得更郑重了一些。

9 日下午进行签售，天气突然的暴热，让我“习惯性的担心”又多了几分。提前一个小时到书城，竟有几位读者在等候，并且都是手捧着 5 本、10 本，甚至更多，不觉有些宽慰：冷场的事，应该不会有了。

说实话，陈先生的读者应该属于小众，其作品基本上还是归在“叫好不叫座”的行列，最为“火”的《退步集》，摆在全国畅销书榜里，还是一般的。因此，我对于卖场签售的预期，明显要低于上午在科技馆及第二天在科大讲座时的销售。

但早早赶来的读者却很罕见地“络绎不绝”起来，一会儿工夫再下楼，居然有了几十人，而且都是捧着好几本书。大家安静地站在那儿，等着陈先生的到来。

由于陈先生的身体有些不适，皮肤过敏一类的（因此推迟了一天的行程），中午又迟了些，记者见面会不得已延至签售之后，因而陈先生进了书城的大门，便直接走向签书台，坐下便签了起来。

果然是大家风范，从容淡定，但又不端着架子。只见他不疾不徐地签着，不厌其烦地几乎是每一本书都签上款，间或和读者交流几句，极真诚的那种。

读者的反应是平静的，但从他们的表情中可以一眼读出对陈先生的敬佩和喜爱。他们中有提前一两个小时到的，有坐了两个多小时车从外地赶来的，有一位池州的读者，是位企业家，中午看到报纸上的预告，开着车赶来，一直追到签售后的记者见面会。

中老年的，是铁杆读者，或是同样下过放的“知青”，陈先生通常以“插兄”“插妹”称呼，年轻人，多是陈先生的“粉丝”，激动之余，有些语无伦次，陈先生显然很在意那一张张青春的脸庞，与他们谦和又耐心地聊着闲话。有读者带来陈先生作品的早期版本，让不少人羡慕不已，陈先生也是一样地一本本仔细地签着。

总有那么多的人，总是那么安静地等待，不同于以往有时候会意外出现的狂热，这样文雅的签售场面出乎我的预料，但感觉又是和我心中的某些期待相吻合。

与那些总是匆匆结束的签售不同，陈先生一直在签，一个小时过去了，仍然有许多人，再过半个多小时，结束在店堂的签售，到休息的地方，还有好几十本等在那儿。

要书店员工“追星”不容易，此次却是例外，不但有，而且不止一人，每人往往不止一本。媒体记者在这样的场合一般不会花钱买书：见得太多了，激不起热情，但这回也有些沉不住气，自掏腰包买上几本，很认真地等待陈先生的签名，着实让我有些意外。

由于时间富裕，签售后的记者见面会有些沙龙的意味，随意、轻松。陈先生趁机也过足了烟瘾。聊的东西自然是很随意的，关于绘画、关于文学、关于鲁迅、张爱玲，还有就是皖籍名人，刘文典、亚明等等。陈先生对于亚明人品的敬佩、对于张爱玲作品的理解，给大家的印象最为深刻。从他的言语中，可以很清晰地看出他的性格和品位。

一个很儒雅智慧的人，一个很有个性的人，一个从骨子里敬重并且执着地追随着鲁迅的人，陈丹青的到来，的确让人有一种触动和感动，而这样的感觉，于我们，很宝贵也很重要。

（2009.05）

研究李鸿章的刘申宁教授

刘申宁教授是个儒雅的人，无论是从长相还是谈吐，都是这种感觉。因为李鸿章，因为写了一本《评说李鸿章》而他又在安徽图书城为此书做签售，使我有机会和他作近距离的接触。

刘教授原本是从事军事历史的教学与研究，著述曾获多种奖项，1989 年转业后，专业从事中国近代史研究，1992 年与人共同编辑的古籍整理项目《孙子集成》，获 1994 年全国古籍优秀图书奖一等奖。而刘教授与合肥、与李鸿章发生关系也是开始于 1992 年。一天，他在上海图书馆查资料，偶然发现一大批李鸿章的手稿资料，据考证系李鸿章的孙子李国超 1948 年赴美之前交给顾廷龙先生，顾先生整理之后，将这些材料存放在上海图书馆。刘教授找到顾先生，希望顾先生能够牵头将这些文稿整理出来，编辑新版《李鸿章全集》，已 90 高龄的顾先生说："我年纪大了，你就去做吧。"刘教授觉得不妥，于是，又请了戴逸先生，两位老先生做主编，刘教授等 4 人为执行编委。此书被列为国家古籍整理重点项目，39 大卷，2800 万字，先后经过 7 校，其中 60%为新公开发行。它的出版发行，对于中国近代史和李鸿章的研究有着很大的贡献与价值，刘教授也因此与李鸿章结下了不解之缘，成为李鸿章研究方面的专家。

16 年来，刘教授一直从事对李鸿章的研究，编辑出版了好几部相关的专著。2007 年，他又应安徽电视台的邀请，在"新安大讲堂"做了 17 期的电视讲座"合肥李鸿章"，获得了很好的反响。

这些年来，因为李鸿章的缘故，刘教授和合肥的接触不少，也交了不少的朋友，20 世纪 90 年代初期他在合肥住过几个月，经常带着一帮朋友去古玩市场淘宝，听了他有关收藏的只言片语，就能够感到其在收藏方面也是很有眼力和修养的。

晚间吃饭的时候，因饮酒引出有关健康的话题，没想到刘教授还是一位健康专家。人们常说“久病成良医”，刘教授就是这样。

刘教授患糖尿病已经 15 年，如今已是 3 期，说到这，刘教授撩起衣服，给我们看他腰间配挂的胰岛棒，这可让我们这些外行大大地吃了一惊，一连串的关心与不解纷纷投向了他，有血糖不正常者更是异乎寻常地关切。刘教授从容淡定，娓娓道来，从他患病治病的经历讲到他对糖尿病的了解、治病的心得，其专业与自信，让人不得不由衷地佩服。他关于治疗的一些观点和看法，更是一如其做学问的风格：平实、客观，给人以鼓舞和启迪。人生如此，应该是一种极佳的境界了。

这几天一直在读刘教授的《评说李鸿章》，感觉受益不少，与刘教授近距离地交流，听他说一些有关疾病的话题，又是颇多收获，如此看来，无论是做学问还是过日子，循的应该都是一个道理：有一个开阔的心胸，有一个务实的态度，然后一步一个脚印，走着自己的路。

（2008.12）

一个人需要“心和仁爱”

——孔健合肥说孔子

5月30日上午，著名孔子学研究者、作家、孔子第75代孙孔健先生在安徽图书城为读者签售其新作《素王孔子》。与其他作家、学者不同的是，孔健先生签售之前。恭恭敬敬地请出老祖宗孔子的铜质立像，摆放在签售台的中央，然后才落座提笔。

孔先生签售时的风格也很独特，他不但很耐心地用他自备的特制毛笔为读者签上上款，还根据读者的姓名和面相，做一个简短的演绎，给读者带来不小的惊喜和特别的感受。一时间，为先生、为孩子、为朋友代签的读者络绎不绝，一个多小时后，当孔先生准备上车离开时，还有读者赶来请他签名。

据介绍，孔健1985年赴日本留学，获新闻学博士。现任中国巨龙新闻集团总编辑、中国画报日文版总编辑、日中文化体育交流协会理事长、日本软银金融大学教授等职。一直致力于孔子的研究和宣传，其著作有数十部，在“中国文化演讲”“孔学传播”方面颇受赞誉。

为纪念孔子诞辰2560周年，孔健创作了《素王孔子》。据他介绍，这是第一部孔子后代撰写的先祖史传，也是中华史诗电影《孔子》的唯一影视文学素材原本。它以影视文学的方式演绎了孔子的一生。有评论说这本书“忠实地反映出了孔子的高尚人格、坚定的操守、博大精深的思想以及追梦未遂、历经坎坷的一生。同时，该书也关注了孔子的性格和情感世界，对圣人的一生作了立体化的描绘。”

我对孔健先生的采访，自然也少不了谈正在摄制中的史诗大片《孔子》，孔先生认为，拍摄这部影片对于宣传孔子是很有好处的，对于公众质疑周润发扮演孔子是否合适这个问题，孔先生说，他认为周润发扮演孔子是合适的，以周润发的演技和影响，对于影片走向世界，对于在世界上宣传孔子都是有益的。

笔者问孔先生，作为一名姓“孔”的人，他的感受是什么？孔先生笑答：“第一，不敢做坏事，怕给老祖宗丢脸。第二，感觉到一种无形的压力，说‘负担’也行，说‘有一种使命感’也行。”当我问他，是不是有一种心理暗示在左右着他的言行的时候，孔先生表示认同。我又问：“作为孔子的后人，您一直致力于宣传孔子，目的是什么？是为了家族还是为了社会，或者二者兼有。”孔先生沉吟一番后，真诚地说：“我觉得，更有义务将孔子的思想‘张扬、弘扬‘开来。”他说：“实际上人生就是 4 个字：‘定位、到位’。”他以前做过许多事情，进行过许多尝试，但最后他选择了对孔子的研究，并且一直坚持至今，因为他感觉对于孔子的研究和宣传远远不够。

孔先生认为，人生在世，最需要的是“心和仁爱”，所谓“心和”就是要有一颗平常心，而平常心来自修养，修养的获得来自读书和学习。

孔健先生曾经留学日本多年，目前仍在日本兼做教授等职，其作品中也有不少关于日本的，如《儒教和日本人》《日本人永远不懂中国人》等等。他坦言自己受日本文化影响比较大，比较“唯美”。当被问及他喜欢哪几位近现代作家、学者的作品时，他说，还是几位曾经在日本生活过，受日本文学影响比较大，比较“唯美”的，比如梁启超、鲁迅和冰心。他认为 20 世纪 30 年代的中国文学受日本的影响最大。

对于几千年来历朝历代对于孔子的“毁”和“誉”，孔健先生认为，孔子的思想总体来讲是偏于保守的，因而，当政权更迭的时候，肯定是要反孔的。但对于五四运动和鲁迅的反孔，孔先生认为，他们不是反孔，是反对“孔家店”，“孔家店”里是一帮打着孔子旗号的人，他们与“孔子”不是一回事。

关于《素王孔子》，孔健先生说，孔子是一介布衣，在历史上并未作为君王统治过哪个诸侯国家，当年几乎游遍中国，却处处不得志；曾经弟子三千，贤人七十二，却无著作传世。要将这样一位在华夏历史长河中传承了两千多年的“至圣先师”，早已成为中国文化“符号”的“素王”，还原成一个真实的人，让国人能够认可，对于任何一个作者来说都是非常棘手的难题。作为后人，他愿意去尝试。他在《素王孔子》的序中说：“我不想再神化或扭曲先祖形象，只想让我心中的布衣孔子——我感受到的一位真实的孔子，走入大众的心间，以恪尽我作为孔家后人的责任和义务。”

（2009.05）

郑渊洁侧记

郑渊洁被称为“童话大王”已经有不少年了，但我对他的了解是极其的有限，让我感到奇怪的是，儿子从小到大，似乎也没有读过多少郑渊洁的童话。并不是在刻意回避、排斥，回过头想想，也搞不清楚个究竟，简直就是个“万人迷”，狂热的“粉丝”从幼儿到中青年，不计其数，可咱怎么就是没有注意到呢？好在终于有个机会和这位名人作近距离的接触和了解，2007 年 5 月中旬，郑渊洁来到合肥，下午在卖场签售，上午则到一所小学，讲演并且签售。

有关郑渊洁的个性和做派，故事很多。见到本人，也有这种感觉，似乎是一个不太好打交道的人。感觉把“童话大王”与眼前这位壮汉联系起来，的确还是需要一些想象力的。没承想面对孩子时，郑渊洁完全是一派的和蔼慈祥，说小故事，讲大道理，把孩子的注意力抓得紧紧的，时而还会引发一阵欢笑与惊叹。让你不由得佩服：不愧是“童话大王”啊！孩子们在想什么、喜欢什么，了如指掌。

演讲中，郑渊洁说了这样一个故事：很多年前他到一个学校去，有一个小女孩给他戴红领巾。由于紧张，折腾了半天才系上，而且还是系得特别紧。用郑渊洁的话说，就是：“差点把我给勒死了”。郑渊洁看出了孩子的紧张，便安慰和鼓励那个漂亮伶俐的小女孩说：“不要紧张，你长大以后会成为一个很优秀的主持人的。结果……”郑渊洁说到这里，卖关子似的问小朋友们：“后来她真的当了中央电视台的主持人，你们猜她是谁?”全场孩子们的胃口都被调得高高的，当“月亮姐姐”的名字被说出时，一千多个孩子发出了巨大的感叹声，相信孩子们不但记住这样的场面，更记住了一个让人难忘的成功故事。

郑渊洁特别强调一个孩子一定要有想象力，据他考证，5 万个人当中，只有一个人富有创造力。而有创造力的人首先要有想象力，其余的都是在重复别人。因此，他认为 12 岁以前的孩子的学习成绩不是最重要的，保持想象力，对于事物存在一颗好奇的心，弥足珍贵。为了证明自己理论的正确，郑渊洁不惜引用一大堆名人成才的故事，联想到他对自己儿子独特的教育方式，感觉在家庭教育方面，郑渊洁还是有过一番研究的。

在一个多小时的演讲中，有一个环节让人难忘。当时郑渊洁问孩子们，在他的一篇童话里，主人公通过圆珠笔和谁交谈。好一会儿，才有一个女孩举手回答说："是蚂蚁。"郑渊洁大加赞赏，说他写过 2000 万字的作品，而那篇童话只有短短的 1000 字，这个小女孩能够记得，很不容易。接着他请小女孩上台来，说要送给她一个礼物。不过在送礼物之前，他竟然首先要求女孩给他签个名。他说，他要好好保留这个签名，也许等到十几年后，眼前这个小女孩成了名人，那么，他手上的这个签名就"值钱了"。如果 20 年后，小女孩成为一名诺贝尔奖金奖获得者的话，那么，他收藏的这个签名没准要值好几万块钱呢。一时间，那个女孩又是兴奋又是激动，接过郑渊洁亲笔签名的图书和扑克，更是让 1000 多个孩子羡慕得不得了，一下台，马上又被媒体记者包围了起来……

郑渊洁自称他的父亲是山西人，母亲是浙江人。因而他在经济方面"特别有感觉"。笔者发现，的确是这样，比如他很配合媒体记者的拍摄，但如果有一架摄像机始终盯着他拍摄，他的助手就会很"及时"地上前提醒，如此不厌其烦。到最后，郑渊洁终于忍不住了，停下话头：没有办法，市场经济，我（演讲和讲座的录像权）已经被买断了，（别人）不能够老是拍摄。说完话，回过头来竟然记不住刚才他讲到哪里。

郑渊洁去年曾被联合国授予“国际版权创意金奖”。他在演讲中也一再强调小朋友们要到新华书店去买书，要养成买正版书的习惯。签售的时候他很敏感地发现一个孩子手中的书是盗版的，立刻拿了回来，加上5个字：“此书为盗版”。还有一个细节：郑渊洁喝的矿泉水都是被撕去商标的，据说他曾经在这方面“吃过亏”，因而现在格外敏感。只是在外人看来，似乎有些“矫枉过正”了。

那天，郑渊洁的兴致显然很高，近两个小时的演讲结束后，接着就是签售，孩子们的队伍在操场上排了个很大的圈，“尾巴”则在教学楼的楼梯里，不停地往外输送着手捧着他的书的大大小小的孩子。所谓“见首不见尾”，迷阵似的，逗得郑渊洁和我们不停地往楼梯那边看，问：“还有多少？”

还有一个很有意思的插曲。正当郑渊洁行云流水般签得正欢，一个小女孩捧着签过名的书不愿走开。郑渊洁很奇怪，问她为什么？小女孩说她有两本书，现在只有一本了。说着，小女孩竟然哭了起来。郑渊洁一见，似乎有些慌乱：“别哭别哭，叔叔给你一本。”看来，“挺男人”的郑渊洁也是看不得小女孩子流眼泪的。

（2009.05）

“鞠萍姐姐真好！”

久旱之后，这几天的雨应该是喜雨，但在我，却是一点儿也喜不起来，不是因为出门要带伞、要注意脚下是否有积水，也不是因为出行只能选择公交车或者打的，而是因为“鞠萍姐姐”今天下午要在图书城签售。这么大的雨，怎么会有这么大的雨啊！

上午在家里有些坐立不安，打电话请有关部门早些安装背景画面，放在一楼大厅的正中间，然后再把鞠萍与陈群博士合著的《成长也可以没有烦恼》码一个大堆，也算是再做个宣传吧。目的是吸引读者的注意力。

鞠萍与作者合影

其实，以鞠萍的名气，我完全是没有必要担心的：央视少儿节目的开山前辈与当家花旦，大名鼎鼎的“鞠萍姐姐”，那是谁人不知谁人不晓啊，可以毫不夸张地说，30岁以下的中国大小孩子们，都是看着鞠萍姐姐的节目长大的。如今，真人走下荧屏、现身合肥，该让多少大朋友小朋友们激动不已啊。但偏偏老天不开眼，没脸色地一个劲地下着雨，鞠萍迷们还会来吗？会有很多人来吗？

做了这些年的市场营销和卖场管理，我太了解签名售书这件事里那些个弯弯绕了，而老天下雨则是签售活动的大忌之一，读者再大的热情都会被瓢泼而下的大雨浇他个透湿冰凉的，更何况孩子还需要借助大人的力量与决心呢。凡事真是不能想，越想越觉得心里虚得慌，思来想去，还是到了现场踏实一些。于是，中午十二点半便匆匆走出家门，打车去了书城。

天气一如既往地继续糟糕着，书城里的情况也是非常不容乐观。因为下雨的缘故，原本应该人头攒动的正午时刻，却是出奇地清淡，似乎没有多少人关注巨大的签售背景，而且似乎也没有人翻阅购买鞠萍的书。与出版社的朋友碰面后，共同的感觉都是担心冷场的难堪，作为应对，我们紧急磋商，制定出一系列的措施和预案。

下午2：30是鞠萍媒体见面会的时间，出版社的朋友有些忧心忡忡地上楼去了，我则是忐忑着下楼查看情况。让我感到欣喜的是，一楼大厅的人气居然有些旺盛起来的势头，读者已经排起了队伍，尽管队伍不是太长，但时而便有新的读者加入。值班经理告诉我，有一位老人家，70多岁了，坦言自己就是冲着鞠萍来的。

随着3点钟的临近，卖场的局面发生了很大的变化，仿佛是转眼之间，读者一下子冒了过来，现成一个不小的聚集，人们看着我站立的方向，因为他们已经感觉到鞠萍会从我这边出现。

3点整，在一批记者的簇拥下，鞠萍姐姐笑容可掬地出现在读者面前。没有矜持的亮相，没有作势的言语，拿起话筒，对大家冒雨赶来表示感谢，然后坐到便签。一边签着一边还不忘用她那独特的

“鞠萍姐姐”的腔调对大小读者说着：“把你们的名字和要写的字儿写在小条子上。”然后一笔不落地写着孩子的名字、一句祝福的话、她的名字，然后还有签售的日期，然后抬头，一个笑脸，双手递上书。

孩子们兴奋了，家长们自然高兴，同时不愿放弃这个难得的机会，尝试着请求鞠萍能否与孩子合个影。鞠萍笑道：“可以呀。”然后招手让孩子绕到签售台内侧，遇着小不点儿，则一把抱起来，笑，职业的，甜甜的。

可以题上款，可以题词，可以合影，这无疑让孩子与家长们兴奋不已。于是一个又一个孩子跑到鞠萍姐姐的身边，美美地照上一张合影，甚至连家长们要求合影的，鞠萍也是一概地来者不拒，遇着大孩子，她还会站起身子来，以方便读者的拍摄。

这让我有了一个不小的感动和感慨，签售嘉宾中，我见过不愿意合影的，见过不愿意题词的，见过不愿意写读者名字的，还见过不写签售日期的，更见过只愿意写自己名字而且将自己的名字写得谁也不认识的。像鞠萍这样的，不多，屈指可数。

当然，如果等候签售的读者太多，有些细节来不及去做也是情理之中的事，但如果读者连一个完整的可以分辨出的名字都得不到，那么签售的意义也就没有什么了。按说，鞠萍绝对是名人大腕了，但她却能够神闲气定地一笔一画地从容写来，着实让人不由得另眼相看。

这么胡思乱想着，忽然想到了一件事，上前对鞠萍低语：“人多，如果读者不要求，可以不写题词。”我的意思很明确，一是告诉她，等候的读者不少，可以适当加快一点速度，二是提醒她，不必因为担心冷场而多做功课。鞠萍似乎是头都没有抬一下：“没事儿，今儿下午就这事儿。”一句话又让我高看她一眼。

那位冲着鞠萍来的老人家终于排到了鞠萍跟前，老人家不但签了书，还在无数个相机和手机的闪光灯里和鞠萍好好地合了一回影，原因据说是老人家今年已经92岁了。我听了，一阵诧异，不是说70多岁吗？怎么变成90多了？早知道早就让老人家先签了。不过看上去老人家一脸的轻松，似乎并不感觉到累。

签售进行到一个小时的时候，出版社的一位朋友估计再有半个小时便可以结束了，当时我便说，不可能，估计还要一个小时。结果，真的是又签了一个小时。一场不被看好的签售变得异常的成功。

应该是没有刻意，没有心机，但因为淡然、平和，却赢得更多、更好，不能不让人感叹：人算不如天算，平心静气、顺其自然，才是最高的境界。

考虑到不少的读者因为天气的原因没能过来，书城决定再请鞠萍预签一部分图书，另外还有一批记者与工作人员等着要签书，鞠萍到了书城三楼办公室后依然是签个不停，超过一百本的图书当中，包括了我的一本。因为是关于孩子教育的书，原本我是不准备买的，孩子大了是一个原因，名人的审美疲劳也是一个原因。但冲着鞠萍今天的做派，我感觉自己还是应该买一本，请她签一下，然后再合个影，做个纪念。

小范围里，鞠萍显得更放松了，一边说着话一边签着，调侃、逗趣什么的，轻松自如。看着近在咫尺的鞠萍，我感觉眼前这个人已经把人生看得很开，把日子过得很透，更为关键的是她似乎没有把自己当作一个了不起的名人。

有的人，远远地看去，很可敬可亲，近了，却不是那么一回事；有的人远远地看去，有些距离和隔膜，近了，却感觉一如周围很普通的一位好人。鞠萍应该就是这样的人，按照一位可爱的小姑娘的话来说，就是："鞠萍姐姐真好！"

（2011.06）

老年人追星也疯狂

3 月 27 日是央视“夕阳红”栏目主持人黄薇、张悦在合肥签售栏目新书《家有妙招（4）》的日子，出版方十分重视这件事，除了事先的联络准备之外，提前一周就派人来肥，实地落实各项准备工作。

要备货。要多多的备货，济南签了 500 多本，南宁签了 700 多本，要多准备一些啊。还有《家有妙招》的前几本，还有相关的一些图书，都要备货，多一些，尽可能地多一些。

说实话，这样的话听多了，的确有些不以为然，但是还是尽量按照出版方的意思去做了，同时根据我们的经验，在四牌楼书店以外的其他两大卖场准备了一些。

黄薇、张悦与热情的读者亲切交谈

预告消息在报纸上发出来了，会员的通知短信发出去了，参加见面会的记者也落实了，背景、音响等等，全部到位，只等着 27 日上午十点半的签售那一刻的到来。

26 日是一个阳光灿烂的日子，气温在逐步回升，参与筹备的每一个人心里都信心满满：明天一定是个好天气，签售一定会顺利进行。至于读者的多与少就随他了，只要不太难堪、说得过得去就可以了。

等到 27 日到来的时候，特别是我早晨 8 点多钟到达书店的时候，发现一切都与我们的想象完全不一样：天气是多云，并且是越来越多，直至滴滴答答地下起了小雨。读者确是超乎我们想象的多，早晨 7 点多，就有几位老阿姨赶到书店的大门外，8 点多，签售台刚刚开始搭建，老人家们就自动排起了长队，并且很快就形成了相当的规模。

随着时间的推移，稀稀拉拉的雨滴变得密急了起来，书店工作人员的心里开始沉重起来，不仅是为了签售和销售，更主要是考虑到那些热情的老年读者，可不能让他们淋着冻着啊。

预案，几套应急预案，很快就在一个简短的路边碰头会上形成了，几顶大红的帐篷为签售台和廊檐以外的读者遮雨，记者见面会在众多记者的理解支持下，被缩短了许多。两位主持人下楼的时候，时间刚刚过了 10 点一刻。

当黄薇、张悦出现在签售台的时候，让我绝没有预料到的一幕发生了，鼓掌、欢呼，那一张张布满岁月印记的脸，是那样的激动、那样的舒展，有些老阿姨甚至是跳跃了起来。

问候、交流、赞叹主持人的风度与容颜，那样真诚，那样投入；

递书、注视、然后是如获至宝地接过来，那样认真，那样高兴；

送上小礼物，自己用毛线织的手机袋一类的东西；

送上小纸条，有诗、有文、有小秘密回去才能看；

还要用相机、手机拍下签售嘉宾与场景，还要想方设法与她们合个影，哪怕是不认识的人的相机也可以；

还有想拥抱的，还有想长聊的，还有想当众表达他们的心情的；

还有一个人或一家人从外地赶来的，还有上海的一位 80 多岁的老奶奶打来长途，委托在书店工作的亲戚代买代签的；

实在是让人吃惊，实在是让人感动，老年人的低调、内敛此刻全都没了踪影。

老年人追星也疯狂！

是的，老年人追星也疯狂啊，老年人当起“粉丝”来也是绝对的称职到位。最好玩的是那些大伯、大爷们，虽然不似老太太们那般狂热，但也是掩饰不住内心的激动，老干部、老学者、老公安、老工人，异口同声地说那些老太太们是“粉丝”，他们则是“粉条”。

好一个“粉条”！真正是“爱在心中口难开”，绝对的真诚、执着。事后，我与两位主持人交流的时候告诉她们说，今天的“粉条”可真是不少啊，整个签售过程一直在笑着的两位主持人笑得更欢了——感动、开心！

雨尽管一直在下着，但始终没有到不可收拾的地步，一切按部就班照常进行。看来老天只是跟这些疯狂的老年“粉丝”“粉条”们开一个小小的玩笑，而老人家们也是丝毫不受影响，热情不减分毫。

买一本书的读者，有，但很少。更多的是两本、三本、甚至全品种的六本，至于帮别人代买代签的，更是满满的一大包！

至少 200 多位的读者，至少 600 多本的图书，至少 20000 多元的销售码洋，超过以往来肥签售的大多数的作家、学者，超过那些或红或紫的明星歌手，唯一可以媲美的，只有超一流的学界大家与超火红的“小四”（郭敬明）及其旗下团队。

不得不服，不得不叹，不得不深思，不得不惊呼：老年人追星也疯狂！老年人追星真疯狂！

（2010.03）

我的心充满惆怅

今晚，一种莫名的挫败感包围着我，让我感到压抑、郁闷。

应该是醉了，恍恍惚惚之间，被人架上车，架上楼，放在客厅的椅子上，然后，向前滑……

沉沉地睡过两个多小时后，醒了，也清醒了，想着这几天经历的一件事，感觉心里又堵得厉害。

是一件工作上的事情，上个月的时候，湖南一家出版社的业务员打来电话，说他们社出版了一批有关恐龙的书，近期计划安排主创人员在一些省份做一些名家进校园的活动，他们首先想到了我们，他们社长因为我们之前的几次成功的合作而对于我们书城感觉特别好，让她打电话征求我的意见。说实话，刚听说的时候，我是有些犯嘀咕：恐龙？能有什么可讲的？别只是讲讲故事与传说吧。可当我听说届时会有绘画作者和文字作者一起参与活动，边讲故事边教孩子们画恐龙的时候，感觉还是颇有新意的，于是便答应下来，然后安排人员落实。

出乎我的预料，落实工作出奇地顺利，因为当时正在安排一位儿童文学作家进校园活动，所以便将两项活动放在一起联系，没曾想校方很感兴趣，有的对此活动的热情甚至超过了那位颇有名气的儿童文学作家，有的学校表示两场活动都做，如果只可以安排一场的话，就安排恐龙讲座。

得知这个情况后，我也琢磨了一下，这些年进行过许多次名家进校园活动，但那些“名家”似乎都集中在儿童文学作家和青春励志类作家，间或还会有一些教育专家，科普方面的少之又少，出版方很少有这方面的动议，书店方面也似乎不太看好。这回有了这么一个机会，学校自然不会放过的，于是不由得对校方的敏感高看一眼。

因为，那位儿童文学作家日程在前，我们向出版社提出将此项活动放在5月的中旬，出版社业务员说她请示了社里，没问题。某天，我忽然想起每年的“科技宣传周”在5月的第三个星期天，瞬间感觉这简直是天意，里子面子都兼顾到了，一时间感觉特好。

真是应了那句话：人算不如天算。如果4月份麻利地将这件事做了，一定会是非常成功的，校方满意，学生高兴，图书销售也会是相当不错的。但是五一刚过，就有消息说，教育分管部门下了文，禁止开展名家进校园活动，原因据说是有家长投诉学校强迫学生购买图书。我不知道那位或者那些投诉的家长是不是特指新华书店的名家进校园活动，还是学校其他方面存在着强迫学生购买课外图书或者教辅用书，在我的记忆中我们应该是从来没有一次是有丝毫“强迫”的意味在里面，校方事先预告一下，孩子们愿意买就买，不愿意买也丝毫没有关系，以前买的从家里带来也可以。

如果说这些是闲书，我可以理解，在一些老师和家长眼里，除去教学与考试必需的图书，其他一律都是“闲书”，反对甚至禁止孩子们去看，更不用说鼓励孩子们去买了。

但是孩子们喜欢在校园边的小书店、在路边的小摊上，用他们手中的零花钱悄悄地买一些他们喜欢的闲书看。不可否认，其中有不少的书，充斥着低俗不健康的东西。想来也是，正规的出版机构都免不了会出版销售一些不那么靠谱的戏说、搞笑、注水过多的儿童读物，更何况那些缺乏监管的小书店与路边摊呢。从这个角度说一些老师和家长的反感、反对是有道理的。但如果因此就因噎废食，那又未免以偏概全，伤害了孩子。

扯远了，关于孩子读闲书的话题改天再说，还是说一纸文件禁止名家进校园这件事。不好的消息一个接着一个传来，不能做，不敢做，或者是还是很想做，但是不是可以只做讲座不卖书，有的学校甚至说，他们愿意以学校的名义买上 1000 元的书。看来他们是真想做这样的活动。

几经交涉，我们妥协了，做，不卖书也做，行程已经定下来了，如果更改会影响到那些坚持愿意做的学校。但是，还是害怕，算了吧，正在风口浪尖上，等等吧。可是专家们不能等啊，作为具有国际影响的著名古生物复原专家，赵闯在业内可是大名鼎鼎，他的作品不但登上了英国《自然》杂志封面，而且长期为世界顶级科学期刊和研究机构提供科学美术作品，国内许多的博物馆，包括咱们的省博物馆都有很多他的作品。一边讲着生物的进化史，一边画着各种各样的图画，这样的机会真的是可遇不可求的。但是，因为很多学校害怕，放弃了，许许多多合肥的孩子就这样与这么一场恐龙盛宴擦肩而过了。

因为赵闯和他的文学搭档杨杨提前一天到合肥，所以在周日（也就是今天）的下午在图书城安排了一场活动。孩子们还是很喜欢的，呼啦啦一下子围了上来，几十把椅子瞬间坐得满满的，赵闯和杨杨状态很好，一边画一边说，从 30 亿年前一直讲到恐龙出现、壮大和消亡，最后还回答了孩子们提出的一些问题，那种场面和感觉真是好极了。

我一边看着，一边想着，如果明天新联系的学校不能落实我该如何面对赵闯、杨杨和出版社的朋友们，我更为担心的是他们在合肥的冷遇是不是影响他们对合肥的印象和感情，以后，他们还会再来吗？

晚餐的时候的确是有些强打精神，甚至都有些强作欢颜，大家说说笑笑，听我们说着合肥的故事与名人，尤其是现当代的一批极具影响力的才女，我们自然也会谈到我们的交往，谈到前年 6 月合作的《此生未完成》的一系列成功的活动，专程从长沙飞过来的社长甚至说于娟的这本书之所以可以从几万册卖到二十几万册，与我们合肥那些成功的营销活动有着非常大的关系。业务员说，他们社里在多次讨论研究此次全国活动时，每每提到合肥，总是跳过去，说合肥没有问题，因为我们把时间安排在5月，他们便调整了计划。

无语，百味杂陈，有些对不住人的感觉。很好的一件事啊，竟然做成了这样，真是很对不住这些来自北京和长沙的朋友。

可以不谈钱，可以不卖书，可是不可以让合肥的孩子们与他们特别喜欢的“恐龙”擦肩而过啊！我在检讨我们的工作，思想太过单一，把所有的心思都花在市区的一些公办学校上面，偏远的、郊区的学校和其他一些教育机构也会有很多渴望知识、快乐的大眼睛在盼着。更多一些平常心，更多一些公益心，而不仅仅是盯着销售，或许，我们可将这件事办得好得多。

让这个城市的人能够有更多的机会接触到好书，让这个城市的人能够有更多的机会接触多一些著名的作家、学者和名流，可以说是我职业理想的一部分，尽管实现起来一直都不是很顺利，但总是在做，总是会有收获，没做成、没做好的时候不少，但这次对我的打击似乎最大，为什么？我自己都不是很清楚，寂静的夜里，远处隐约传来的刘欢的歌声：

我的心充满惆怅，只为了那遥远的歌谣……

（2013.05）

北戴河日记

2014 年 8 月 10 日　多云转晴转雷阵雨

早上，阴雨绵绵，6 点半起床、洗漱、早餐。7 时许，和儿子出门，顺利打上车，不到半个小时即到达火车站。验票、安检、上车，一切顺利。令人称奇的是我们的座位居然与 M 和 L 她们俩的座位前后排。

8 点 26 分的高铁，12 点 46 分到达北京。车上除休息，小吃之外，读了 67 页的《狼图腾》，约占本书的六分之一，尽管不算快，但看得仔细，很有感触。

到北戴河的动车下午 2 点 42 分发车，也是在北京南站，和儿子一起吃了一回庆丰包子，猪肉大葱、素三鲜的各一份（每份 8 个），炒猪肝一份，紫米粥和南瓜粥各一份，打包盒一个（给 M 和 L 她们带了 6 个），一共 53 元，还行吧，主要是满足了一下好奇心。

到达北戴河是下午的 4 点 48 分，北戴河的火车站也是挺乱的，好在一位警察的帮助下打了一个出租车，经过一个安检站（专门安排安检，这是第一回遇到）后，到达中国作家协会北戴河创作之家。办理完手续后，住进 2 号楼 408 室。让人称奇与兴奋的是，当我拉着箱子走进疗养所的大院时，突然听到有人喊“老刘”，连忙往左侧的树荫看，原来是 S 君！简单叙谈之后，知道他用的是国家某系统的名额，昨天到北京，今天上午到达北戴河。S 说，还有一位来自合肥的，是出版系统的，姓金。这么一来，来自安徽（合肥）的，就有 4 个人了。真是没有想到。

6 点钟晚餐，M 和 L 她们俩与我们在火车站走散后，也到了，免不了一阵说笑。见到金兴安先生了，很老成的一位前辈，今年 68 岁了，因为在故乡定远创建了安徽第一家农家书屋，多次被评为“安徽好人”。金先生对我显然是比较熟悉的，称我比较活跃。他给夫人介绍我说，我就是写她经常看的《享受合肥方言》的作者。可见这本无心之作还是很受关注的。

餐后，和金先生、S 夫妇一起散步，疗养所大门对面，有一个院子，一栋小楼，据说也是所里的，王蒙先生最近在此度假。我们沿安 1 路、联峰路、海宁路绕了一个圈，回到疗养所。一路上听金先生说了不少有关北戴河与时事方面的事，很有些收获。金先生来过北戴河多次，所以对这儿可以说了如指掌。

晚上没有看所里安排的电影，在房间里整理一切，因为卫生间下水问题及烧水壶坏了，两次联系总台，问题基本上解决了，但密码锁却蹊跷地丢失了。

这儿的天气原本是很好的，白天晴朗，也不算太热，晚上却突然乌云压顶，电闪雷鸣，电视和网络瞬间全部中断。好在下雨只是一会儿时间，一切重又回归了正常。

几日劳顿，自然是困乏得很，儿子上网，我一边嗑瓜子喝水，10 时许，看了一会儿微博，写了一组“思绪碎片”，便睡了。夜晚清凉，打开一扇窗户后，便可以安然入睡。

尽管一天过得匆匆忙忙，不太平静，但接下来应该是几天安宁休闲的日子，想到这，内心立刻有一种小小的激动和快意。

2014 年 8 月 11 日　晴

昨晚睡得不错，一觉醒来，天色已大亮，一抹红色在天上画出一个不规则的图案，一溜儿过去，随意而安静。看了一下手机，才 5 点，于是继续睡，6 点又醒，6 点半不到起床，急匆匆洗漱整理之后，才知道早餐是 7 点半。

下楼后，在核桃树下小坐，与一位来自中国作协的先生聊了一会儿。说起安徽，那位先生提到今年 1 月 20 日去世的著名皖籍作家张锲，他对于张锲的评价极高，他说，可以不夸张地说，没有张锲，就没有中国作协三个度假基地中的两个（包括北戴河的这个），这让我对于张锲这位已经多年没有关注的老作家有了一种新认识。

谈起安徽文坛，当我提到鲁彦周先生，他也是很感觉亲切，他说鲁彦周先生在世的时候，每年都会给他寄茶叶。

这样的树下闲谈，感觉很好。

早餐挺丰富的，由于准时到达，没有昨天晚上那种仓促感。

订票，从总台到售票处，挺顺利，18 日回去，安排提前一天。

接下来是修手机的 SIM 卡，找到中国移动营业大厅，被告知 SIM 卡修复和重制必须在合肥当地，再三咨询，得知可以办一个临时号码，然后再办一个呼叫转移，但会产生一些费用。自然还是办了，电话通了，心里也安稳了下来。

9 点多钟回到所里，稍事休息后和 S 夫妇一起去老虎石海上公园。不过是步行一刻钟的时间，就看到了大海，有些小激动。在距离大海不远的路上走走看看，放松的同时，竟然会有一些不习惯的感觉，无所事事地闲逛，很久没有过了。

回来的路上，在一家大一点的超市，买了一些水、食品和日用品。这里的水不太好喝，卫生纸粗糙得没办法用，洗发水则是忘记带了。

11 点 20 分有一个见面会，所里人和各地作家一一做自我介绍，然后所长介绍了一下疗养所的历史和现状，说了一下日程安排和注意事项，很紧凑、实用。

午餐可以说是丰富可口，特别是鱼虾，极受欢迎，儿子胃口极好，吃得津津有味。

中午休息近两个小时，起来后感觉身体有些症状，感到疲乏，有些口舌生疮前的感觉。得放慢节奏，调整一下，否则太对不起这次度假了。

5 点半左右下楼，许多出去游泳的人陆陆续续地回来了，S 说他在院子另一侧的一处休闲区坐了一下午。

晚餐后又是散步，再去海边，照了一些照片，有几张还是很不错的。北戴河的建筑很有特色，有着很浓的异国情调，外国人也不少。晚上儿子查了一下，清光绪年间，已经有不少外国人在此修建别墅，民国及现在，它与庐山、莫干山、鸡公山被称为四大避暑胜地。儿子笑称，他们也是政治要地。

回来的时候因为想着看《十二生肖》，一阵暴走，冒了一些汗，惹上了蚊子，被叮了好几口。电影太扯，完全没感觉。回房间时儿子在洗浴，又下楼请服务员开门，一头恼火。沐浴后，儿子答应洗衣服，感觉很好。要睡了，明天要起早学太极拳，第一回，可不能迟到。

2014 年 8 月 12 日　晴

北戴河的天气似乎总是这么好，天蓝蓝的，或多或少的白云像是不经意画在上面似的，自然协调。据说现在是北戴河最好的时候，立秋之前，风吹过，身上总会是黏黏的，而现在则是爽爽的。昨晚有人笑谈，以前这个时候，机会都是头头们的，今年反腐，普通的会员们也可以有这样的机会了，不知道到底是不是这样。

早上 5 点 20 分醒的，迷糊了一会儿后，6 点钟闹铃响，起床，洗漱，6 点半准时下楼，已经有十多个人在院子里站着，年轻的老师也已经开始讲课了。刚做了一个动作，我就发现，衣服穿错了，明天应该穿一套宽松的服装。才开始练，感觉并不是那么到位，但既然练了，就准备坚持下去，24 式入个门，也算是一大收获。

早餐后，简单收拾了一下，上所里的大巴，去鸽子窝公园。据介绍，鸽子窝公园又称鹰角公园，位于北戴河东北角，由于地层断裂所形成的临海悬崖上，有一似雄鹰的巨石屹立，被称为鹰角石。

该石高 20 余米，过去常常会有成群的鸽子朝暮相聚地窝在石缝之中，因此得名。从地图上看，鸽子窝公园所处的位置像一个尖锐的角插入渤海，“鹰角”之说似乎来自这里。

公园的大门很独特，深绿色，由于需要等待后面一批人，9 点左右才进到公园里面。公园不算很大，但鹰角石和海岸沙滩还是很不错的，极目远望，海对岸的秦皇岛市区的高层建筑清晰可见，这样的景致是我之前从来没有见过的。

鸽子不是很多，小鱼小蟹也不是很多，但游人如织，所有能够坐下的地方都是满的。北戴河的阳光厉害，晒得人热烘烘的，但只要你走进蔽荫处，一会儿工夫，便会凉下来。

坐了许久，决定再到处看看，发现有一个售卖礼品的地方东西多，价格便宜，买了一个贝壳塔两个贝壳链子，花了 9 元钱。同行的几位女同胞见了，都要去买，于是再去，买了两串复杂精致一些的链子和一个贝壳塔，大小各两个贝壳垫子，一共 53 元。购买行动自此正式开始。呵呵……

据说，鸽子窝公园是观赏海上日出的最佳之处，每逢夏日清晨之时，这里便云集着数万名游客来到这里观赏“红日浴海”的美妙奇景。为看日出，人们往往要 5 点左右赶到公园，有些辛苦。另外，毛泽东曾经于 1954 年的夏天，在鸽子窝公园极目远眺，写下《浪淘沙 · 北戴河》。现在鹰角亭的对面，有毛泽东的诗词碑和雕像。

在公园里转悠了两个小时，总体感觉不错，但也有一点小小的辛苦。午餐后，便睡了，一个多小时后，2 点多起来，开电脑写了一会儿日记，3 点，叫起儿子，收拾着去海边游泳。

一身短打扮，临行前买的沙滩裤和上午发的中国作协文化衫，还有几年前买的两用皮凉鞋，都派上了用场。

3 点半左右到达老虎石海上公园，和儿子两个轮流下海，感觉很好。沙滩很缓，两个手撑在水底的沙子上便可以把身子浮起来，有游泳的感觉了。儿子很兴奋，待在水里都不想上来了。

儿子在水里玩的时候，我就坐在沙滩上，看海里和沙滩上的密密麻麻、熙熙攘攘的人。他们都穿着极少的衣服，一派轻松自然。偶尔有穿得“周吴郑王”（很正式）的男女走过，看上去特别扭，他们自己也有些不自在的感觉。这倒是一个挺有意思的现象，不身临其境是难以理解的。

一个多小时后，离开海滨浴场，和儿子都是泳裤加大汗衫，坦坦然走在大路上。其实是带了大浴巾去的，但扎了一下，太白，太刺眼，有些“装”的感觉，于是就这么往回走。据说游客穿泳装、披浴巾走在路上，是北戴河一景。我们今天也做了景中的人。这又是一个环境改变人的案例，穿着泳装上街，平生第一回呀，是我以前想都不会想的事。不过临近疗养所的时候，还是有些心虚地把沙滩裤穿在了湿漉漉的泳裤外边，自己都觉得有些好笑。

洗！洗头洗澡洗衣服。泳裤是最难洗的，不仅仅因为怕其脏而反复汰洗，还有一个原因是泳裤是双层的，许多细小的沙子都钻进了夹层里面去了，估计与我们总是坐在沙滩上有关。每汰一次，都会有一些沙子出来，但总是洗不尽。最后，决定不洗了，沙子就沙子吧，反正明天还要用的。我估计回去的时候，那些钻进泳裤夹层里的沙子也不会全部弄出来的。

收拾好一切，有些乏力的感觉。晚餐后，原本不准备散步时走远的，因为L老师提出要带我们去一个食品批发市场，走了很多的路，最后还是问了警察，才找到L老师上回迷路时发现的石塘批发市场。结果是不虚此行，发现了几个规模不小的商场，并在最后一个工艺品批发市场买了一些小物件，其价格远远低于零售商场和旅游景区。

寻找石塘批发市场的路上，看见一座鲁迅先生的塑像，估计那儿便是鲁迅公园。仰视，拍照，以作纪念。

2014 年 8 月 13 日　多云转阴雨

早晨起来，腹部不适，还是下楼去学太极拳。虽然还是找不到什么感觉，但还是想尝试一下。平常没有时间，也没有这个兴致。

上午，去集发生态农业观光园，见识了巨大的南瓜、几米长的丝瓜，以及各种奇花异草、热带植物。

中午，作家刘小平（羊角岩）来访，赠《花彤彤的姐》，他是土家族，作品题材也是土家族题材。

这几天似乎特别好饿，还没到吃饭的点，就有点急不可待了，早早跑到餐厅去候着。整日里东转转西看看，无所事事，胃口居然还这么好，真有些好笑。

午睡，起来后续写昨天的日记。M 约着去游泳，3 点半到海边，4 点半回来。冲澡洗衣，好一阵忙活。

晚餐后，送新出版的杂文随笔集《就这么简单》给 S 和羊角岩。然后照例去散步，想去新华书店的，结果走错了路，又遭遇阵雨，好在最终还是找到了书店。看书，尤其关注有关北戴河的图书。最后买了一张《环渤海北戴河》地图和一套 64 开图文版的《梦翔北戴河》，此书一套 8 本，分类介绍了北戴河的自然人文景观，很实用，那些民国时期达官贵人的别墅，都想去看看。

和书店员工聊了几句，对这个书店有个大致的了解。书店面积不算小，位置也不错，受旅游淡旺季影响很大，全年销售不到一百万。不过在我看来，书店在经营和管理方面还是有些问题的，营销方面更是缺乏创意和特色。作为一个著名的旅游景点，地方特色图书、休闲娱乐类图书都应该有着很好的市场。著名作家王蒙、邓友梅等名家每年夏季都会来北戴河，都会引发许多人购买图书需求签名的热情，这样的信息也应该得到重视。可惜，他们没有做到，旅游休闲类图书太少，名家作品一本都没有。至于和中国作家协会北戴河创作之家联合举办一些沙龙、讲座和签售活动，估计也没有想过做过。真是很可惜，每年那么多的名家资源，每年那么多的需求，就这样放弃了。

该做的没去做，该争取的没有去争取，很多时候，我们都是这样。

晚上很悠闲，吃着零食，和儿子说说闲话。明天要去山海关，少不了整理一下行装。

继续补和写日记。

2014 年 8 月 14 日　多云转晴

今天早晨的程序看似依旧：6 点起，收拾好下楼，学 50 分钟太极拳，然后早餐，然后外出游览（今天是去山海关和老龙头）。实际上增加了两个重要内容。

一是学完拳后，正好看见邓友梅先生提着鹦鹉鸟笼出来，于是上前搭话，因为前几天一直看栗子树树下挂着一个鸟笼，里面有一种绿鹦鹉，偏瘦，但毛色很好。我问邓先生怎么只有一只，邓先生说原先是有两只的，后来死了一只。我说没想着配一只吗，邓先生

邓友梅与作者合影

说，不好配就没配了。聊到邓先生的作品时，我做了自我介绍，并说以前看过他不少的作品，先生挺欣慰的样子。这时正好儿子下楼来，我说，邓先生我们合个影吧，先生欣然同意。照相的空间，我向先生介绍，拍照的是我儿子，先生表示有些诧异，我连忙说，我都 52 岁了，先生笑说，看不出来。整个过程轻松融洽。

其实到这儿的第一天，金兴安先生就告诉我说，除了王蒙先生，邓友梅先生也在疗养所，第二天晚餐后他见邓先生出去散步，还问我是不是和邓先生合个影，我有些犹豫。实际上我是害怕过于唐突，打扰了先生。这些天，每天都看见邓先生去餐厅，出去散步，都忍着没有上前，前天晚餐快结束的时候，S 突然离席，疾步向外走去，感到有些奇怪。等我走出餐厅的时候，发现 S 正在院子里为别人拍照，几位作家拥着的，正是邓友梅先生，我一个激灵，挥手向他跑去。S 见我过去，赶紧把相机交给我，又请其他人往边上站站，自己单独与邓先生合影。我很认真地横拍竖拍后，只听 S 有些激动地对邓先生说："邓先生您散步去吧，不然一会儿人又会多起来的。"邓先生笑笑离开了。我一下子愣住了，心想还有我呢？后来，就没有后来了。

郁闷呀，有些哭笑不得的感觉，除了和儿子说说，对别人还不能说。儿子安慰我，没关系，机会还会有的。这不，这机会说来就来了。

去山海关的车上，安排书城相关人员紧急组织邓先生的作品，然后快递过来，下午 4 点，一切安排就绪。如此，筹备中的安徽图书城名家签名书展销又多了一个重要品种。

另外一个内容是合影，由于最后一位作家今天早晨才到，所以今天的合影才是名副其实，通讯录也才得以付印，下午，这两样东西都交到了我们手上。

山海关、老龙头游览的事，似乎要专文去写，这里暂且空着，接下去说回来之后的事情。

4 点钟回到房间，洗衣烧水，整理，然后想想，还是把澡洗了。5 点半左右，正想着把睡了一会儿的儿子叫醒，S 来电话，说从马鞍山去深圳的 D 晚上请客，我推辞不过，只好和儿子一道去了，走到石塘，挑了一家饭店，吃了几样海鲜，感觉平平，有些菜品甚至还有些异味。但价钱却吓人得很，1800 元钱！我没有吃饱，儿子更没吃饱，于是爷俩又去肯德基吃了一通，回来有些害怕，又各吃了两粒黄连素。

接下来的时间是安静的，和儿子两个轮流用电脑，闲的时候看看书，收拾收拾东西，转眼之间就 11 点 50 分了，不写了，睡觉去，明天还要去海上转悠转悠。(今天是第五天，九天中间的日子)

2014 年 8 月 15 日　晴转多云

今天过得相当悠闲，上午去海边，乘轮船在海上转悠半个小时，就回来了。无事可做，准备补一会儿觉的时候，河南的焦述先生来访，并赠我一本他的作品：《市长后院》。他介绍了他这些年来的创作经历，很丰富，也很有成就。

焦述先生是国家一级作家，今年 71 岁了。1996 年，他到济源市挂职，当了 6 年的副市长。后又到房地产开发公司、省高级法院、省国土资源厅体验生活。作品有《市长日记》《市长手记》《市长笔记》等 7 部社会题材小说，有三部作品在台湾出版。焦小说目前的困惑是一部法院题材作品的名字交给哪一家出版社出版。我们就此话题进行了探讨。结束的时候，我送了他一本《就这样，我们赢了!》。

早上吃饭前，遇见王蒙先生，我提及他前些年去安徽图书城签售时，是我做的主持，王蒙先生笑着点头称是。S 介绍说，刘政屏他是安徽图书城的老总，王蒙先生重又笑着点头。S 将他的两本作品送给王蒙先生，然后我们分别与王蒙先生合影。昨天晚上在书店，S 就在找王蒙先生的书，没有找到。今天下午，我去秦皇岛人民广场和新华书店，逛了他们的书市和书店，分别买了 4 本“百年家族”系列和 2 本《王蒙精选集》。和 S 一起找机会请王蒙先生签个字。

去秦皇岛市区可真是不近，在附近的崔各庄汽车站乘 34 路车，20 多站的路程，去的时候花了 50 分钟，回来的时候快一点，半个小时左右。不过，一路上景色不错，时而有凉风吹过，感觉挺好。

晚餐后，游怪楼奇园。核桃树下聚谈，与陕西作家朱鸿交换图书。

2014 年 8 月 16 日　多云转雷阵雨

早上，准时起床，收拾一切，6：22 下楼，尽管算是早的，但还是没有赶上开始。今天新学的部分有些费体力，但相对容易学。时间不多了，想要在离开之前学完整套 24 式，有些悬，更何况我们还要提前一天离开。

练完拳，和 S 都没有回房间，我们是在等着请王蒙先生为我们签名。儿子在房间里，我不停地给他打电话，想让他把王蒙先生的书和照相机拿下来，结果他愣是没有听到（他喜欢设置在振动健上）。结果，王蒙先生来了，为 S 签了名后去了小餐厅，他还没有下来。把我气得不行。

整个早餐，我都是心绪不宁的，一会儿不往窗外看都不放心，生怕错过了机会。出了餐厅，我和儿子就站在餐厅门口，因为王蒙先生是在小餐厅就餐，这儿是他的必经之路。我对儿子说，咱们这也叫追星啊。

大约过了十多分钟，王蒙先生出来了，见我拿着书迎了上去，他笑了。我请他签名的时候，他摆了摆手示意我到前面去，我以为他要找一个地方趴着好写字，便说就在旁边的石栏杆吧，见我误会了，他说：“到核桃树那儿去。”我明白了，赶紧将他引到核桃树下，请他坐下。王蒙先生一边为我签着名，一边说：“干吗要到秦皇岛（市区）去买？这儿就有新华书店啊。”因为刚才 S 请他签名的时候

王蒙与作者合影

说，这书还是到秦皇岛新华书店买的。我含含糊糊地说："这儿没找到。"王蒙先生很关心书店的情况，问为什么现在新华书店销售都在下滑，网络销售的影响大吗？我说，网络的影响肯定有，但我们新华书店自己没有做好也是不争的事实。他对我的看法频频点头。当我提及他上回去书城签售的时候，我请他的秘书转交给他一本《就这样，我们赢了!》的时候，他显然是没有印象，转而问起孩子的情况，他有些自嘲地说，他老了，看我觉得很年轻，以为我才三十多岁。王蒙先生还关切地询问我们今天上午去什么地方，我说好像是莲花公园吧（"活动安排"上写的是"莲蓬山公园"）。他想了一下说："联峰山"。这时王蒙先生的脸上露出些许的不屑说，"北戴河这地方没有什么东西（好看的），它就是一个消消夏、海里游游泳的地方，其他没有什么。它不如其他许多地方，连你们合肥也不如，你们合肥还有包公祠、李鸿章旧居什么的，你们（安徽）还有天柱山、九华山、黄山。"我补充道："还有道家名山齐云山。"王蒙先生说："对。"说到这儿，王蒙先生的脸上忽然出现一种特别的神情，他说：

“你们那儿的民居真是太漂亮了。”我说：“您说的是徽州民居吧？”王蒙先生点头说是。

因为怕耽误我们的游玩，王蒙先生起身与我握手道别，老先生个头不高，但精气神俱佳，也完全没有首长和大作家的气场和架子，这让我很感慨和激动。

儿子这次挺灵光的，一直在那儿照个不停，还录了一小段录像。事后想想，如果不是儿子拖拖拉拉，没准还没有这么一次核桃树下的聊天呢。所谓歪打正着，或许说的就是这个。不过王蒙先生显然是很关注新华书店的现状的，估计他也是想借此机会了解一些情况。

联峰山距离北戴河市区不远，也不算太高，但因为山中那一栋栋外表并不是那么张扬的别墅，它被赋予了极浓厚的神秘色彩。特别是林彪最后的生活地方，吸引了众多游客的脚步。人去楼空，萧条庭院，让人们唏嘘不已。

走出联峰山公园，我们没有等待，选择步行回来，我们走得不算慢，用了半个小时。天气闷热，爬山加走路，汗流浃背，颇为疲劳。

下午原来是不准备下海的，但 L 和 Z 想去，又拉上 S 看衣服，只好去了。但儿子坚决不干，留在房间里睡大觉。

出门的时候，天上下着小雨，游泳的时候，雨下得更大了。好在最后停了，两位女士兴致很高，我提前回来了。

每次下海回来都很辛苦，冲澡之外，大汗衫、沙滩裤、游泳裤等都要洗，收拾半天才能消停。这也是我不愿意天天下海的原因之一。

邓友梅先生的书上午送达，不小的一个包件让我很诧异，打开一看，居然是盲文出版社的大字本！有些晕，心里愁着这么带回去呀。结果是，S 要了 5 本，苗和 L 各要了 1 本，问题一下子解决了。

下午 5 点，我们 6 个人一起去了邓友梅先生的房间，邓先生面对堆头不小的一批书，显然有些顾虑，但真正签起来，并没有费多大工夫。老人家放松了起来，和大家说起笑话来。最后还欣然与我们合影留念。

晚餐后，天上下着雨，核桃树下是没有办法坐了，几个人原准备在门厅聊聊天的，谁知人多嘈杂，坐不住。于是我建议大家去S房间看他的专题片，半个多小时后，各回各屋。

倒计时第三天，天气不好，活动不少，收获不小。

2014年8月17日　雷阵雨转晴转多云

昨天晚上一夜的电闪雷鸣加大暴雨，睡眠极佳的我几次被吵醒，当然这也与我昨晚睡得早有关系。原本是准备刷刷微博后写日记的，没承想忽然之间，整个人倦怠不堪，草草几个提纲后睡了。从晚上9点一直睡到早上7点，6点是闹铃响的时候，雨还在下，太极拳是没有办法学了，便接着又睡了，好在我睡觉不需要过渡，合上眼便可以继续。

儿子又搞怪了，这么大的人了，还是那么喜欢玩水，真是让我哭笑不得。

早餐后，去总服务台落实一下明天早上的送站事宜，顺便问一下附近有没有一家比较正规，商品价格和品质能够放心的超市（要回去了，当地的土特产还没有买呢）。服务员说石塘路的爱心超市挺好，她们都在那儿买东西。于是约着S夫妇、M、L一起去，稍费周折后找到这家超市，名字叫“艾欣超市”。

进去之后，随便转了一下后，大家都后悔了：早一点打听，早一点来买东西就好了，因为那儿的商品比街面上那些小超市、路边的小车上要便宜很多。因为明天就要离开，所以没有放开手选购，不过要带回去的土特产是一站购买齐全了。半个西瓜，近10斤，6.90元，还有香蕉，还有大果粒酸奶，甚至还买了3双麻布拖鞋。

欣喜伴着后悔地一路走回来，进了房间就什么也不想了，和儿子你争我抢地把西瓜给解决了。许多天很少吃水果了，这回恶补一下。

把两件衬衣洗了后，和儿子都倒在床上睡着了，12点钟才醒来，急急慌慌往餐厅赶。6桌都满了，转了一圈，发现金兴安先生一个人坐在一个圆桌前，原来他也迟了，便独自要了一份水饺，我们让服务员加了碗筷，坐下便吃。不一会儿，大厨出来，又给我们加了一盆饭和一样汤。大厨是肥西人，到北戴河打工已经12个年头了。他与金先生去年认识后，便格外照顾金先生，这也算是一个缘分吧。

要离开了，忽然有些感慨。除了出国那次，似乎从来没有在外面这么长时间，心中一直有些不踏实，现在就要回去了，又有一些留恋与不舍，因为除了生病，从来没有这么长时间的休假。还有就是氛围，一些有水准有成就的人，一个相对清雅的环境，的确不错。

下午，补齐昨天日记，又写下今天日记的以上部分后，5时许下楼，在院子里到处转转，拍一些照片。当然，拍照的不止我一个人，从昨天开始，一种惜别的情绪在这个院子里慢慢地弥漫开来。这两天走的人不是很多，但从明天开始，会有大批的人离开。

10天，说长也长，说短真短，最后的时候，难免有些唏嘘感慨。

晚餐后，先是按照要求把两本书（《就这样，我们赢了!》《五虎出列》）送到总服务台，送一本《就这么简单》给青海德令哈的文友，然后和M、L一起去散步。最后还是去了石塘，买了几条图案挺好看的围巾。然后又去艾欣超市，两位女士买了木瓜，据她们说，上午吃了，觉得很好。

回到房间后，赶紧收拾行装。尽管多出两个包，但比想象中要快得多。现在，我一边敲着键盘，一边看着央视的“面对面”，悠闲而放松。

签书聊书

“3个女人8本书”的台前幕后

在一些重要节日举办一些营销活动，是书店经常在做的一件事。如何能够把这些“应景营销”做得有声有色，是我一直在思考和探索的。在做完获得媒体和公众高度关注的2·14情人节的“爱情小说展销”之后，我就开始着手策划“三八”妇女节的营销活动。

我首先考虑到要在形式上有所创新，要能够吸引读者的注意力，进而愿意参与其中。很快，一个创意浮出水面：围绕“3个女人8本书”做文章。

确立活动主题之后，就要进入落实阶段。我首先想到的是闫红——我省文学院签约作家、当红网络时尚写手。她因为一本《误读红楼》而为世人所知，随后出版的《她们谋生又谋爱》则更是有着不俗的销售业绩，今年初，她的第三部作品《哪一种爱不千疮百孔》面世，北京华文天下公司有意为此开展一些市场运作，与我们的想法正好契合。很快，IT精英、职场成功女性、作家姚云又被确定下来。至此，已有2位女作家和4部作品，但一个问题随即出现：这第3位必须是要有至少4部作品的女作家，在合肥这样的女作家并不多。我们想到了省作协副主席潘小平老师，可潘老师太忙，正在写一个“大部头”，很难抽出时间。我们思考再三，觉得无论从哪个方面来讲，潘老师都是最合适的。在公司领导的支持下，我通过做工作及合理安排了潘老师的几项活动，潘老师终于同意参加签售活动。

准备工作有条不紊。签售场地布置，包括背景和海报设计、电子屏字幕及媒体邀请，均一一落实。因为有北京的图书公司和安徽联想通力合作，活动规模相对以往要大许多。签售图书的组织更是得到了包括得到省作协、市委宣传部和相关出版社的大力支持。公司员工也为此付出了不少的辛劳。

3 月 8 日很快就到了。连续阴雨的天公仿佛也在为我们加油，天气出乎意料地放晴。户外的电子屏幕广告和店内的大幅海报吸引了很多读者驻足观望。在安徽图书城三楼的闫红新书发布会现场，闫红的粉丝甚至早早就占好了座位，可见美女作家的魅力有多大!

中午，图书城一楼大厅的横幅、大型背景板、签书台、席卡及门外的宣传用的易拉宝、大屏幕文字一应到位，下午 2 点 45 分，潘老师也风尘仆仆地从外地赶到现场。这时候，书城大厅里已经有大批的读者在等候，这样的情形不禁让作家感到兴奋，也令我们的员工感到鼓舞。3 点整，当 3 位女作家出现在手扶电梯上，并缓缓下到一楼时，给大家的感觉是眼前一亮，纷纷鼓掌欢迎。

3 位作家刚落座，随即开始为读者签名。许多热心的读者向作家们献上一束束鲜花，并和他们喜爱的作家合影留念。著名作家潘小平拥有众多读者，美女作家闫红也来了大批粉丝，新锐作家姚云社会影响力极大；从年龄上看，3 位女性又分别代表了 50 后、60 后和 70 后，3 位女作家的完美组合使签售会现场挤得水泄不通。等待签名的读者中，有前来捧场的作者的亲朋好友，有正在书店选书看书的一般读者，但更多的是作者的粉丝，从他们的表情可以看得出，他们非常重视和珍惜这样的机会。整场活动一直持续了近 2 个小时，直至结束，还有许多读者留在现场，还有一些读者陆续赶来，场景十分感人。

看着火爆的签售场面，我知道，多日的忙碌终于有了一个比较理想的结果。抹去额头的汗水，回味着这次活动的前前后后，感触良多，觉得有几点值得在以后的工作中加以注意和坚持。

首先，活动无论规模大小，都应有一个新颖的创意，找到好的切入点，最好还要有一句比较独特的口号或名称。我们这次活动确定的“3个女人8本书”，就获得了不少读者和业内人士的肯定。

其次，要进行认真细致的准备，每一个方面，每一个细节都要注意到，要有一个具体的实施细则，逐条落实。活动主题确立后，这一点尤为重要。

第三，打好“组合牌”。今年元旦，我们策划组织过一场“安徽散文家协会”丛书作者的签售会，虽然参加签售的作家无论从名气和影响上都不算大，活动却出乎意料地火爆和成功，究其原因，就是打好了“组合牌”。不同职业、不同社会背景、不同性别、不同年龄段，优势互补，令人耳目一新，是成功的关键。这次活动，我们对3位女作家的名气和人气以及年龄、写作风格、社会背景进行综合考量和评估，所以产生优势互补、影响放大的效应。

第四，要宣传到位。“宣传”包括媒体宣传、卖场宣传，卖场宣传又分为海报、横幅、大屏幕和图书重点展示，在签售活动当天，还需将背景画面提前安装好，以吸引读者的关注。宣传到位，才会扩大影响，让更多的人知道并参与进来。

等到以上几点全部落实到位，活动也正式开始以后，还要注意和掌控现场的局面。秩序、安全是一方面，读者分布和作家的感受更为重要，采取一些必要的措施，及时进行干预或补救，避免尴尬和被动的局面出现。等到签完最后一名读者的书、作家离开签售台，一根紧绷的弦才可以放松下来。

“3个女人8本书”，掀起卖场购书潮，一切趋于平静之后，静静地琢磨一番，我觉得自己又多了一分收获。

（2009.03）

文学皖军的一次集体亮相（外一篇）

——写在“皖籍作家作品联展”开幕之际

在经过一场似乎不会很快停下来的绵绵秋雨之后，天空一下子变得晴朗起来，着实给了我很大的惊喜。走在清爽干净的街道上，抬头看看蓝蓝的天空，深深地呼吸一口清新的空气，感觉心情格外的轻松愉快。

2009 年 11 月 1 日，是“皖籍作家作品联展”开幕及三位皖籍作家联袂签名售书的日子，一个很好的天气无疑会为这场活动提供一个好的条件，因此，当原本是一场久旱之后的“喜雨”开始飘落的时候，我的心里，是一种说不出的感觉，既希望它雨能够下下来，给大地一个滋润，又希望它能够在周日的早晨结束，让更多的读者走出家门，参加这么一场很有意义的活动。结果，真是天遂人愿，雨在下了几乎一天一夜之后，竟然神奇地停了下来，着实给了我不小的惊喜。

举办一次皖籍作家作品联展的事，已经想了很久，在出版了《阅读合肥》一书，完成国庆的所有营销活动之后，这个方案又被提了出来，并且在小范围征求意见时，得到作家们几乎是一致的赞同和支持。当联展日期确定之后，便进入准备阶段，确定书目，落实首日签售嘉宾以及一些细节的准备。让我没有料到的是，这其中最为困难的竟然是落实参展书目，要想在卖场数万种图书中将皖籍作家的作品找出来，委实不是件容易的事情。

凭着记忆和感觉，找出了一批，然后又通过相关资料和查询手段又找出了一批，最后到卖场一个架子一个架子地去搜，又是一批。同时，与本地相关的出版社联系，委托他们代为寻找并提供一些图书。如此这般之后还是觉得不踏实，于是又提前一周在卖场张贴告示，请作家与读者提供自己或别人的作品信息，几天下来，终于整理出一份比较详细的参展作品清单。

与此同时，架头牌、横幅、签售背景、嘉宾席卡等也都在紧锣密鼓地准备着，并且在10月30日（周五）全部到位。有关海报和新闻稿件也都起草完毕。一切就绪之后，就看老天是否开脸了。

媒体对此次活动的关注也是超乎寻常的，多家报纸和一些网站都先后发布了相关消息，省电视台的卫视、新闻频道、公共频道更是在活动开幕当天同时派出记者，进行采访报道。

媒体在采访中都提到一个问题，就是："为什么要办这样一个'皖籍作家作品联展'?"我的回答是："基于两种原因，第一是我们安徽从来就不缺乏有实力和影响的作家，但是我们的读者不了解，他们不知道他们很喜欢的作品是安徽的作家写的，比如徐贵祥、洪放，比如安意如、闫红；第二，有一种很让人费解的事情，就是往往皖籍作家的作品在外地有着很好的影响和销售，但是在我们安徽却是默默无闻、销量平平。究其原因，缺乏宣传和推广，而此次联展的目的，就是集中宣传和推广安徽的作家和作品，让文学皖军做一次集体亮相。"

签售活动原定于上午十点半，结果由于电视台要求采访，九点半钟，作家刘湘如、汤湘华、许岗就陆陆续续地到卖场，接受现场采访。由于读者陆陆续续聚集起来，十点一刻不到，就很自然地进入了签售环节，让我感到特别的有意思。

签售现场的气氛一直是温馨祥和的，亲友团和慕名而来的读者与作家交谈、合影，电视台记者的见缝插针的采访，使得整个活动一直持续到中午近十二点钟。大家对新华书店举办这么一个活动给予充分的肯定，希望能够有更多这样的机会了解和走近安徽的作家和作品。这让我感到很欣慰也很振奋，内心有一种很畅快的感觉。

（2009.11）

附：

各界称赞“皖籍作家作品联展”

2009年11月14日上午10点，作为“皖籍作家作品联展”系列活动之一，我省著名作家、漫画家陈家桥、赵昂、吕士民将在安徽图书城，联袂为读者签售长篇小说《云南往事》，文配画《画里有话》《开心麻辣串》，散文随笔集《穿裤子的汉字》等作品。作为60位作者之一，赵昂还将为读者签售大型散文集《阅读合肥》。

为期15天的“皖籍作家作品联展”自本月初开幕以来，获得社会各界的好评和称赞。

作家石楠说：“合肥新华书店在金秋举办皖籍作家书展这一创意举措非常有意义，对推动和鼓励皖籍作家的创作热情，对振兴文学皖军将起到积极的影响和推动作用，也是对皖籍作家在这段时间作品的市场检阅。”

作家刘湘如则认为，皖籍作家书架是一种标志，承载着文学皖军灿烂的风景；是一座桥梁，联系着安徽文学博鳌天下的信号；是一个平台，让皖军在这里振翅高飞；是一枚动人的文化符号，从一个侧面宣示出安徽挺进文化强省的信心！是一脉春天的画廊，展示出安徽文学扬帆远航的姿态。

畅销作品《小岗村的故事》的作者陈桂棣、春桃，刚刚参加过法兰克福书展，从德国回来。得知合肥新华书店举办“皖籍作家作品联展”，特地从北京打来电话表示祝贺，他们认为此次书展对于集中展示安徽的文学成果，推动安徽文学的发展，提升文学皖军的影响，有着非常大的意义。

（2009.11）

办了一件“大事”

作家苏北这两年可谓高产，新作频出，作品集也是一本接着一本，先是专集《一汪情深》，后来是散文集《那年秋夜》和小说集《蚁民》。今天上午 10 点，在安徽图书城一楼大厅举办了他的新书首发式和签售会，新闻、出版与文学界诸多名流到场祝贺，出版社和省电视台的社长、台长、总编、主任等，与我省著名作家许春樵、赵昂、赵焰、许若齐、莫幼群等挤挤地站了一大排。

苏北兄的这场新书首发仪式和签售会筹备了很久，但从四月开始，不是他有事，就是其他方面有状况，总是没有做成。赵昂兄的《闲言漫笔》是在其之后面世，都趁热打铁地做了活动，苏北兄他还在优哉游哉、不急不慌。不过，自本周一开始，他老先生一下子提起神来，紧锣密鼓地操办起来。我自然是责无旁贷，一件件一桩桩地仔细做来，确保在周五的下午全部落实到位。

其实还是有插曲的，不过所幸没有影响。真的，这两天我一直在心里默默念叨：“苏北兄难得下决心办一件大事，怎么着也得顺汤顺水地把它做好才是啊。”

以苏北兄的性情，应该是不太喜欢做一些太正式的活动的，但以苏北兄的成就与名声，又的确是应该做哪怕一次符合其影响的事情，所以大伙儿还是很支持他办一场场面大一些的活动，几位虎兄弟更是乐意出谋划策，好让苏北这个“乖乖虎”能够把这件大事办得顺溜、周全。

做首发仪式和签售会这些事是最讲究天时地利人和的。真是难得，今天居然是这样好的一个凉爽天气，“亲友团”又来得这么齐全，发言又那么给力，活动岂有不成功的道理，紧凑、热闹的活动之后，一帮人聚在一起，吃了一顿“大”餐，说它“大”，是指包厢大，餐桌大，场面大。超过 20 人围在一起，那个闹腾劲儿，没的说。

为了今天的活动，苏北做了一个很完备的方案，充分表现出他“公家人”职业的一面，他的答谢词写得也是超级棒，早上在等美女主持梅兰的时候，他在小车上用他那方言很重的普通话，声情并茂地朗读了一遍给我听，让我佩服不已。今天上午因为嘉宾们都说了很多，他似乎是节选着读的，有机会请他把原文晒出来，让更多的朋友欣赏欣赏。

苏北说，办完这次活动后，他基本上不会再做这样的事了，除非是一帮人在一起做着玩。的确，签名售书这个活儿，的确是不太好操办与把握，作为作家，偶尔玩玩可以，多了，肯定受累。这么说来，苏北兄此番的确是做了一件大事，可喜可贺，同时也是印象深刻。许多年后翻翻老照片，我没准就会一脸得意与欣慰地对儿子儿孙们说：“那年啊，著名作家苏北办大事的时候，我可就在一旁，而且还敲了不少的边鼓呢。”

（2011.07）

绝对的“大动作”

从外形上看，赵焰属于文雅低调的那种，但做起事情来，绝对是风风火火、动作很大。比如此次一下集中推出 5 本“赵焰第三只眼看徽州”系列丛书，再比如今天上午在安徽图书城举办的新书首发仪式和签售会，一签就是 10 种书，绝对的大动作。

其实，关于是不是要在图书城举办一场签售这件事，我与赵焰兄曾经有过多次商议，主要还是赵焰兄总是有所顾虑，当然也有时机方面的问题，于是一拖再拖。此次能够做成，安大出版社的确是功不可没。

作为一个大学出版社，安大出版社能够一次性策划、包装、推出赵焰 5 本有关徽州的书，进而又积极策划、举办这么一个新书首发仪式和签售会，很不简单。由于是第一次，难免有许多的不清楚、不明白，但他们很仔细、很用心，事无巨细，不厌其烦地一件一件地做来，着实感动了我。

作为出版方的牵头人，朱丽琴总编尤其是尽心尽力，在她的带领下，一群人齐心协力，将一件并不简单的事情做得很好。

赵焰兄的粉丝也是很捧场很给力的，全程多方位地参与，到位的评价与推介，都使得活动显得更为生动多彩。

当然，作者和作品的作用是最为关键的，无论是“晚清三部曲”，还是有关影评的两部专集，还是徽州系列作品，都有着很好的评价和市场，论影响面而言，应该还是以“晚清三部曲”最为广大，前不久香港三联书店推出其繁体版便是一个例证。

另外，我还很喜欢赵焰兄的《忙里偷闲做男人》，这本与徽州系列丛书同时面世的随笔集，做得很精致、很有味道，据说书名是改了又改，的确是有些抓人。“忙里偷闲做男人”，怎么“偷闲”的？又怎么样去“做男人”了？有了这些疑问，读者难免不打开翻一翻的。比起《男人四十就变鬼》，这个《忙里偷闲做男人》要更为小资、暧昧一些。不愧是报纸总编，书名做得就是非同凡响。

还是说签售，虽说做了这么久，但每每都要在一些相同的问题上劳心费力，比如图书货源与数据的到位，比如背景画面的设计与确定，以及一些做了似乎感觉不到，但如果没有做到，立刻就会让你冒汗的细节，都会消耗掉你不少的精力和体力。比如此次活动，员工就存在着预估不到位的问题，还有就是做多了，难免“疲劳”和松懈大意，而这一切，都会让我着急上火。

所幸一切都还在掌控之中，整体的活动圆满成功，赵焰兄的大动作达到了预期的效果，有些环节甚至超乎我们的预料。粉丝团的热情，美女们的花束，好友们有些夸张的举动，等等，无不折射出其人与其书的精彩。

记得前一天，赵焰兄在微博上曾戏言：“不得不出卖‘色相’了，呵呵。”现在看来，此次赵焰兄的“色相”卖得真是很成功。正如我在首发式所说的：“要感谢赵焰兄一直倾力研究推介徽州，让更多的人能够了解徽州、认识徽州，进而爱上徽州；感谢赵焰兄能够积极促成和参与此项活动，与读者作近距离的接触，在充满书香的氛围里，大家在一起交流，感受文学的魅力，感受别样的人生。”

在我而言，工作与责任之外，还有一份独特的享受。

我在乎这样的享受。

（2011.07）

文化皖军的一次盛会（附录一篇）

——第三届“皖籍作家图书联展”综述

从8月4日开始，到9月28日结束，在将近2个月的时间里，一场启动仪式，七场首发式及签售会，三场读书沙龙，另外一次特别活动，可谓是好戏连台，盛况空前。

第一届“皖籍作家图书联展”2009年11月1日开始举办，也正是那一次联展，我们提出了把皖籍作家的作品集中在一起展示的这一设想。第二年的11月，第二届“皖籍作家图书联展”开始的时候，“皖籍作家作品专柜”正式揭牌。三年后，专柜已由初期的一个扩大为三个，文化皖军的新作佳作频出，的确是可喜可贺。

此次联展，无论是从数量上，还是从规模上，都是远远地超出了前两届，近百位皖籍文化人参加了活动，著名评论家苏中、唐先田、段儒东、王达明，著名诗人刘祖慈、时红军、周志友，著名小说家完颜海瑞，著名散文家孙叙伦、周根苗、梁毅等许多文坛名家的出席，使得活动更显正式隆重。书画、文艺界名流吴雪、林存安、胡正言、黄新德、陈飚、吕士民，文化学术界名家翁飞、王光汉等的出现，则给活动现场增添了别样的色彩。

许辉、潘小平、许春樵、裴章传、赵焰、赵昂、苏北、赵凯、许若齐、莫幼群等，无论是担纲主角，还是捧场助兴，无一个是热情洋溢、儒雅大气。一时间，慕名前来安徽图书城的读者络绎不绝。

当联展活动圆满结束之后，回顾两个月来的桩桩件件、点点滴滴，颇有感慨。从某种角度来说，怎样做文化，怎样做书店，实际上是一个问题。既要有深度、有个性的新思维、新想法，也要有认认真真、踏踏实实的一个接一个的行动，做起来，做下去，一定会有反响，也一定会有回报。

我一直认为，文化皖军并不缺乏人才，缺乏的是环境、氛围与平台，作为一名卖书人，我一直愿意并且努力为此做一点事情，思想起来，这些年来的确是工作着，收获着，快乐着！为此，我感到欣慰和安心。

附录的《夏秋之际的皖风书韵》一文系书城才子叶纯所写，很全面，很有些感觉，作为一名冷静而细致的观察者，叶纯为本次联展做了一件很有意义的事情。

附：

夏秋之际的皖风书韵

叶　纯

2013 年的夏天，老天爷名叫“飙”哥，那个热啊，中华大地，惟余橙红；大河上下，一片见底！40℃的高温算什么，根本排不上全国前十，大热天，心里除了堵，就是憋得慌。

地处江淮的合肥，虽也是烈日当空，但丝丝皖风夹杂着浓浓书韵，宛如从西伯利亚南下的冷空气，让人为之一振，舒坦。

2013 年 8 月 4 日，上午 10 点，“第三届皖籍作家作品联展”在安徽图书城盛大开幕。在中国文坛，皖籍作家方阵是一道亮丽的风景，在接下来两个多月的时间里，一幕幕别具风味的“徽剧”登场，读书人有好“戏”看了。

吴雪、林存安、胡正言、许辉为联展特制的大型书模揭幕，这些可都是平时难得一见的人物，吴雪是省文联党组书记处书记、著名书法家，林存安是合肥市委常委、宣传部部长兼安徽省美术家协会常务副主席，胡正言则是南京军区原创作室主任、电视中心主任、正军级作家，许辉则是省作协常务副主席、秘书长、著名作家。他们的到来，为这次皖籍作家作品联展活动增色不少。

著名作家，安徽作家协会副会长裴章传新作《暗枪》的首发式及签售会率先登场。传奇王亚樵！行刺蒋介石，枪击宋子文，刺伤汪精卫，炸死侵华日军总司令白川义则，一句“老子抗日，他却在抗老子”，尽显英雄本色，有评论，《暗枪》是安徽的，也是民族的，此话不假。老家窝子，乡里乡亲，裴章传可以称得上是一位人气王了，热热闹闹地为本届皖籍作家作品联展弄了个开门红。

在合肥，驻扎有一支部队，功勋卓著，却鲜为人知，他就是武警交通某支队。三十多年前，这支神秘的工程兵部队，从内地赶赴天山，历经磨难，成功开辟了我国西部边陲第一条国防公路——独（山子）库（车）公路。长达563公里的高山公路上，留下了168名烈士的英魂，数万官兵受伤致残……廖振华，一名有15年兵龄的军人，曾经参与四川汶川抗震救灾、天山守墓退伍老兵陈俊贵和舟曲特大山洪泥石流抢险等重大宣传报道，并多次立功受奖，被官兵们誉为“兵记者”。他的新书《戎涯丝语》，亮相安徽图书城，以这种特别的形式拉开了“拥军爱民、悦读相约”活动的序幕，让更多的读者了解军营和军人。

潘小平和赵昂，是老搭档了，潘小平称赵昂是“一棵思想的芦苇”，潘小平新著《前朝旧事》，赵昂新著《看来看去》，不但签售效果不凡，而且出现了图书断档的现象，当天下午读书沙龙也是有得聊了。嘉宾许春樵、苏北，都不是外人。《前朝旧事》系潘小平读史札记，语言个性，见解独到。所写人物，虽是晚清政治舞台上的重要人物，所写事件，也多为晚清历史上的重大事件，但潘小平多从小处落笔，以求还原历史的细节和生命的温度。快人快语，酣畅淋漓，引经据典，谈古论今，是一种学习，更是一种享受。

曾经感慨，写合肥方面的书太少了，不过这一切因为一位“合肥土著”的执着，慢慢发生着改变。《享受合肥方言》是刘政屏继《阅读合肥》《倾听合肥》后，又一部关于合肥的力作，只是这一次的视角却是合肥“方言”。不论你走到哪里，乡音是骨子里永远无法抹去的印痕。160 则生动有趣的微博加 160 幅趣味盎然的水墨漫画以及 16 篇内容丰富的“趣谈”，“借方言的歧义来表达自己的人文理想和人生态度”，让读者在较短的时间内能够深入浅出地了解合肥方言，进而达到“理解”和“享受”的境界。作家潘小平在《享受合肥方言》的序言中对此书的出版给予高度评价：“拯救方言，就是拯救地域文化，就是打捞民间记忆，就是提升文化自信。”难能可贵的是 160 幅漫画，配合着精练的文字，将“合肥味道”演绎得丝丝入扣，“三不三”“烈躁”“屎头混子”，句句入耳，亲切之情油然而生。8 月 31 日，可以称得上是合肥方言日，签售接着沙龙，那个热闹紧凑劲儿，没的说。王光汉，吕士民，一曰“白丁”，一曰“杏林画家”，娓娓道来，加上著名电视主持人袁媛的客串主持，沙龙现场，

《享受合肥方言》首发仪式

一个字："赞"。

数学和文学之间，似乎有着不可逾越的鸿沟，一位教数学的老师居然出书了，你信吗？反正我信了，书就在眼前。《点面之间》的作者杜明成是合肥一中的数学教师，作者通过四十年的人生经历与读者分享成长的故事，包括每一季的拔节，每一丝成熟的轨迹，并不离奇精彩，但有足够的诚恳和真实。一位学生说道："遇见一个会教数学的老师容易，但遇见一个会教学生做人的数学老师难，而你，恰巧是这个人。"学生的话，我相信，签售那天，许多他的学生结伴而来，给老师送上了束束鲜花，师生情谊，令人感动。

《又见炊烟》是许辉最新的散文作品集。朴实无华的语言，漫记的形式，记述了淮北大地的风物人事，倾注了作者对故乡一草一木的无限深情，再现了乡村生活的细节之美，保留下许多鲜活有趣的旧时风俗。他写出了失去故乡的人珍藏在心底的故乡记忆，他笔下的故乡比所有人记忆中的更美。因为此，刘震云点评，"又见炊烟起，勾起往昔。"许辉现在是安徽作家协会常务副主席兼秘书长，绝对是相当有分量。9 月 14 日签售当天，我省几位重量级的作家、评论家和诗人苏中、刘祖慈、唐先田、段儒东、时红军等都出席了仪式。

郝彧和郝朝帅，是姐姐和弟弟。二人联手撰写，漫画家韩一民配图的《风从哪里吹——热眼看传媒》比较有意思。通过新闻人的视角透视媒体现象、点评媒体行为，漫画大师韩一民创意独到、技巧娴熟的漫画，更是为本书增色许多，姐弟档是这场签售的一大特色。

作家邱晓鸣带来的作品是《乡里·城里》《像狗一样奔跑》。散文集《乡里·城里》荟萃了邱晓鸣近年发表的优秀散文 60 余篇，作品既有对远去了的乡村生活的真实描述，也有作者对生活的发现、认识和感悟。新书《像狗一样奔跑》集结了邱晓鸣近年创作的 6 篇中篇小说精品，具有现实生活浓郁的人间烟火气息，节奏明快，语言风趣幽默，故事生动，引人入胜又发人深省。尽管是“非主场作战”，但无论是签售场面还是效果，都让人记忆深刻。

赵美萍的《谁的奋斗不带伤》被誉为一部超越苦难的励志经典，读这本书，速度会很快。10 月 13 日那天，许多老读者慕名而来，他们都看过她的《我的苦难，我的大学》，一位读者说，听说这本《谁的奋斗不带伤》是最新的修订本，主要补充了作者真实的情路历程，特地赶来购买，非常喜欢美萍的文字，就像读知音杂志一样，很亲切。其实，你会觉得，这确是一本会讲故事的书，情节曲曲折折，不过比起《我与地坛》的思想的深度，呵呵，仁者见仁，智者见智吧。作为一个时代百姓生活的见证，这本书还是很有看点的。谁都会有自己独一无二的历史。

不知不觉中，盛夏已然过去，一幕一幕，精彩回放。敲完这些文字，忽然有些汗颜，如今已经很少用笔写东西了，想想昨天，中国汉字听写大会，载誉归来的合肥五十中的几位小选手，他们都才九年级，有所想，会写一手好字，是每一个文化人传统的根，当下，是不是有些不经意的东西，我们丢下的太多？

听潘老师说前朝旧事

至少读了两遍潘小平老师的《前朝旧事——晚清风云人物》，读这样书虽然有些费劲，但收获的确是不小。尽管潘老师试图用通俗的语言，轻松的笔调为我们描画出晚清 40 年间的风云人物，但毕竟是以正史为主要依据，以近乎学术的眼光去观察和分析，所以读起来还是有一种“上课”的感觉。当然这也与我历史知识匮乏有关系，有些东西，在别人读来兴许是会心一笑，但在我这儿，却还木木地琢磨消化个半天呢。

真是很佩服潘老师的语言功力，她的文字保持着她的说话风格，生动、有趣，让人印象深刻。同时，在叙述风格上，快人快语，充满个性与见解，读来感觉爽快过瘾。

《前朝旧事——晚清风云人物》是潘老师先通读五百三十六卷的《清史稿》，并由此旁及多种清人笔记后，感觉自己对晚清历史有了较为自如的把握后写就的系列读史笔记，其中正编 38 篇，附录 6 篇，可谓是厚积薄发。

潘老师说：“旧事要写出新意，颇为不易，而要涉史成思，涉笔成趣，就更难了。”又说，“虽说所写人物，无不是晚清政治舞台上的重要人物；所写事件，也无不是晚清历史上的重大事件，但总归从小处落笔，才能还原历史的细节和生命的温度。”在我看来，潘老师显然是做到了，在她的笔下，许多的人和事，不但让人印象深刻、忍俊不禁，同时还会给人以启示与触动。

潘老师在《丁宝桢当当》这篇文章的开头写道："丁宝桢是同光两朝都很有名的一个干部，史书上说他'政尚威猛'，对部下很严厉。"又说："这个人个性很强，刚介自许，按说不会讨上头的喜欢，但奇怪得很，慈禧太后很喜欢他。"一下子抓住了读者的胃口。在叙述了丁宝桢清廉耿直的一生后，说到因为其政尚威猛、清廉刻苦，得罪了不少人，有人造他的谣，有人打他的小报告，慈禧太后听了，说了一句"很深刻的话"："做个清官也不容易。"

这样的人，这样的话，很抓人，让人难忘。

《宝廷自劾》里的主人公宝廷是宗室，隶满洲镶蓝旗，郑献亲王济尔哈朗（皇太极的堂兄弟）八世孙。和一般庸暗的清朝贵族不同，宝廷是同治七年的翰林，"八旗子弟中少有的名士，一向风流放诞，才气自喜"，但这篇文字给我印象深刻的，不是他"行止无状""自请处分"，而是他的长子寿富之死。

寿富是光绪十四年翰林，为人刻苦孤峭，提倡新学，庚子之乱，八国联军破北京，慈禧太后仓皇出走，他和他的兄弟，也是连襟的寿藩相约，双双从容自尽。留下遗书：虽讲西学，并未降敌。潘老师写到这儿，用了四个字——很有气节。在我看来，这样的气节，正是当今社会里所缺少的。

《彭玉麟简阅水师》这一节写得也很精彩。在衡阳老家为去世的老母亲补行守制的彭玉麟，奉到朝廷以钦差大臣身份"简阅水师"的上谕，"童子二人，轻舟一叶，沿湘北上，直放岳阳。"在岳阳，"劝退"长江提督黄翼升，在石门，杀太湖水师把总张虎山，一行下来，"五千里江湖，一百天跋涉，奏劾水师官员，总计八百一十二人"。"不仅水师哨官畏之若神，民间不轨之徒也惊伏不敢出。""彭公一出，江湖肃然。"

彭玉麟出身贫寒，虽官居一品，"也仍然是青衣小帽，自奉甚俭，没有当官的派头"。曾国藩评价他："书生从戎，胆气过于宿将，激昂慷慨，有烈士风。"《清史稿》从来是自己动手写公文，而且

“每出皆为世所传颂”，纵观古今，这样的官员的确是很难得。

当然，让我感兴趣和关注的还不仅仅是这些。彭玉麟祖籍湖南衡阳，但他的出生地却是在安庆，安徽境内，目前还有着他不少的遗迹。他在担任长江水师提督时，选中铜陵荷叶洲练兵筹饷，他开设机构，统辖和督办沿江数省盐务。在他的主持下，在荒岛上修建了“三街十巷”，并改荷叶洲为和悦洲，洲上百姓至今对他念念不忘。

潘老师这本书里提到最多的合肥人应该是李鸿章了。开篇《李鸿章送礼》展现的是李鸿章在官场潜规则中的另类智慧；《翁同书弃守》说的是李鸿章与翁同龢之间的恩恩怨怨；《张之洞闭目而行》在行文伊始将李张二人做了一个鲜明的对比：“李鸿章张目而卧，张之洞闭目而行。”至于《张佩纶兵败马江》，则将张佩纶与李鸿章的关系交代得清清楚楚。

张李两家是世交，李鸿章是在张佩纶被革职充军之后，把女儿嫁给他的。这件事在当时的社会，引起很大的轰动。文章列举的几副对联，多是打趣、讥讽此事的。另外还列举了一句很刻薄的话：“蒉斋（张佩纶的字）学书未学战，战败逍遥走洞房。”合肥人应该都明白，这“逍遥”二字是一语双关的，但有些合肥人可能还不知道，张佩纶的孙女，是著名的女作家张爱玲。

潘老师说：“前世的喧嚷，如今都凝结成了历史和文字，阅读它们，会有一种地老天荒的寂寞。”读完《前朝旧事——晚清风云人物》，能够感受到这一点。

（2014.06）

赵昂说

赵昂说："软暴力是上对下、强对弱的俯视、斜视、藐视、鄙视、漠视、无视。"

赵昂说："重用庸才，其实是对人才的漠视和蔑视。"

赵昂说："面子是别人给的，尊严是自己挣的。"

赵昂说："成就大事业的人固然可敬可佩，甘心做个小人物而坚持不当小人，更值得敬重。"

赵昂兄的这些文字，都是我从他的《画里话外》中摘录的，他与吕士民老师合作的这本书出版于 2010 年，当时还有一个颇为热闹的签售会。但关于这本书的最为深刻的记忆，却不是这些，而是通读这本书的感受：感慨、敬佩，击节叫好。

认识赵昂不算太早，但知道赵昂和他的文字，却有很长时间了。在我的心目中，作家，写杂文的，而且还是警察，应该是不容易亲近的，某日，见了面之后，发现竟然是一副慈眉善目的模样，与心中的想象反差太大。

那时候赵昂兄已经与吕士民老师合作好一阵子了，并且已经有了两本合集。他们第一次联袂签售应该是 2007 年，地点是老字号四牌楼书店。那一天我在现场，目睹了一老一少两位搭档的签售盛况。这之后，我以策划人与主办方的名义为两人举办了 3 场签售，后面的两场活动更是与首发仪式合并举办，正式隆重了许多。

当然，我与赵昂兄的关系不仅仅限于写书人与卖书人之间的关系，作为一名资深文青，我还有幸与赵昂兄有过几次搭伴出书的经历。第一次是2006年，新安晚报的马丽春策划出一套书，一共有10本，我和赵昂都参与其中，我的那本散文集叫《让记忆有个落脚的地方》，赵昂兄的杂文随笔集则取名为《穿裤子的汉字》，都有些特别，不过就内容而言，那可就差得太多了。记得很清楚，在一次策划编辑阶段的聚会中，是赵昂兄的一个“新安作坊”，将大家的议论纷纷归于平静，同时，冥冥中还有一种感觉：从此，我们就是一个作坊里的人了。

其实我心里明白，这只是这么一说，人生一世，聚散本是太正常不过的事情，果真能够相处得太久，不会太多。但与赵昂兄，却是自此之后，再没有断开。2009年，当我着手编辑一本60人写合肥的大型散文集《阅读合肥》的时候，赵昂不但很快就发来他的作品，还积极帮着联络其他作家。不过，比起一年后的那本书，此次合作还仅仅属于小试牛刀了。

熟悉我们的人都知道这本书其实是一本五个人的作品合集，五位属虎的作家在本命年里出的 本很精美的书：《五虎出列》。赵昂兄对于这本书的最大贡献就是积极促成此事并在书名的确定上发挥着重要的作用。

《五虎出列》不仅是文化皖军打组合牌的一个有益的尝试，也为安徽文坛留下来一段佳话，首发仪式的空前盛况更是至今还为人们所津津乐道。从那以后，许春樵、苏北、赵昂、吕士民和我不仅常常自我认知为一个有趣的组合，许多朋友也常会以“五虎”来指称我们五个人。关于为什么叫“五虎出列”，我觉得赵昂兄的一个解释很准确，我们都属虎，在本命年的时候，我们稍稍往前跨出一步，出列，展示一下我们过往的一些收获，仅此而已。

人们在谈起某个节点某个事情的时候，经常会说：是总结更是起点，说多了，有些套话的感觉，不过，《五虎出列》之后，的确有一种集体井喷的势头出现，春樵兄在小说创作上佳作频出，苏北兄在散文写作中独树一帜，赵昂兄则在一口气出了三本书之后，又积极筹划着第四本、第五本……

相比之下，我则惭愧得很，沉溺于事务与应酬，骨子里仅有的那么一点文学追求早不知被丢失在哪个角落里。疲惫麻木之余，唯有捧起书本，才会唤醒内心的一份宁静与安详。

于是，我就在不经意中，将看到的与记住的，运用到日常的话语中，赵昂兄的语录体文字则最容易被我记住。说起“语录”，许多人会有些别扭，感觉有点“文革”时的感觉，于是我就称之为“赵昂说”，在不同的时候不同的场合说，赵昂是这样说的，赵昂是那样说的。

曾经去过赵昂兄那个舒适清雅的家，参观过他小二楼上的“五杂堂”，也听赵昂兄说起他经常躺卧在客厅的长沙发上，休闲的同时，一则则警言妙语便如山间清溪，悄然而至。

赵昂兄肩负着重大责任，压力大，属于自己的时间少且零碎是可以想见的，在旁人，或许就此搁笔，让生活彻底滑向某种状态，但赵昂兄不愿意（或者说不甘心）这样，于是，他长的不行就来短的，时间稍长些或者心情宁静些，就从容一些，多一些收获，忙乱之时则会将脑海中一闪而过的只言片语赶紧记下，日积月累，竟也达到上万条之多。这是怎样的一种坚持，按照现在流行的说法，那绝对是励志哥啊！

有时，我在想象，赵昂兄在怎样的环境里，想到“沉沦的是少数，清醒的是极少数，麻木的是大多数”。又是在怎样的心境下，写出“人在很多时候不是与别人作对，而是跟自己过不去”。

赵昂善于思考，喜欢琢磨一些近乎哲学的命题，比如：“计算是一种学科本领，算计是一种利益取舍。前者归于科学，后者关乎道德。”“闲与休闲其实是两回事儿：闲是无事可做；休闲是有事暂时不做，张弛有度。”

因为极具思想，赵昂自然也是一位极有性格的人，不然他就不会写出“很多时候，许多场合下，话语权不过是权力话语而已。”

“不在乎别人的脸色，才能确立自我的个性。这需要勇气，更需要底气。”这样一类的话。

有的时候，你会觉得赵昂很超然，因为他觉得：“如果一个人看透了生和死，那么，生和死之间的一切从此就变得简单了。”“将平凡的生活过得有滋有味乃是一门艺术，把本该奢华的生活过得简单平凡更接近宗教。”

有的时候，你又会觉得赵昂很现实，“合法地赚钱，道德地花钱——金钱的理想路径不过如此了。为钱所困固然不妙，为钱所累更不明智。”“过于主动往往被动。这是不争的事实，又是明确的警示。”

但更多的时候，你会觉得赵昂很冷峻，一针见血，毫不留情。比如他会说：“固执己见往往比懵懂无知更可怕。”“从不赞美别人像阿谀奉承一样，乃是心理不健康的产物。”“小聪明成就不了大事业，却能误得了大事情。”同时他也会告诉我们说：“小人物是社会选择的结果，小人则是道德选择的后果。”“独立思考的本意有两层：为求独立而思考；因为思考而独立。”的确是发人深思。

一直以来，有一种感觉很真切，那就是无论是与赵昂兄在一起聊天，还是读他写的书，都是很有益处很有收获。如此，再来看这个世界，看我们自己，或者是反过来看赵昂这个人，都会有一种超然与释然，因为赵昂兄说过：“人与人在很大程度上是不一样的。认识到这一点，可以减少对他人的苛求和对自己的苛刻。”

（2012.12）

马丽春老师

我一直是称呼马丽春为马老师的，因为十几年前我第一次见到她的时候就是这么称呼她的。我太太是她做医生时的同事，也是我钟情文学的最强力的支持者，于是我与马丽春的相识便是一件不可避免的事情了。

我之所以犹豫再三还是去报社见了马丽春，因为实在想见识一下太太经常说起的那位勤奋善写的马老师到底有怎样的神奇，同时也想请她看一看我的那些总是在写着的文字是否有机会在她编辑的“人生百味”上露一露脸。

出乎我意料的是，马老师不但话语极少，而且还有一些腼腆。简单的几句交谈之后，我们便告辞了。不久，我的一篇关于包公的文字刊登出来了，后来又有几篇稿件陆陆续续刊发出来，但我始终觉得自己没找到感觉，因为被马老师毙了的远远大于发表出来的，于是，越来越怯于给马老师投稿了。直到有一天，接到马老师打来的电话，听到她简洁得不能再简洁的话语，然后在次日的报纸上看到自己的文字上了“人生百味”的头条之后，才略略有了一些感觉。

那天，马老师说：“你那篇读书的文章很好，可投给别人家了？没有？那好，明天见报。”

那篇文章的名字我还记得：《真想读书不容易》，是马老师改动过的。那版“人生百味”上，除了我的文字外，还有三到四位省内外的名家作品，它们除了带给我不小的忐忑之外，也让我由此渐渐了解了马丽春老师这个人。

那时的《新安晚报》，新锐张扬，一般的写作者都把能够在其副刊上发一篇文章作为一种奢望。而马老师恰恰是这个副刊的编辑之一，无疑肩负着许多的期待和压力。找门路、打招呼的，一定不少，左一个电话右一个短信询问的，肯定更多，搁一般人，一定是不胜其扰的，但马老师却似乎举重若轻，淡定得可以。用简单的办法对待复杂，用简短的语言对付唠叨，不知道马老师这般本领是先天就有的，还是后天练就的。

文章在几家报纸发得多了，与各位编辑老师熟悉了之后，我对于编辑老师们的理解日趋理性：不容易，不简单，需要把握质量，也需要照顾各个方面的关系，能够让不少人感谢感激，也容易得罪不少的人，如何处置拿捏，的确是一门学问。但马丽春老师似乎还不满足于此，她还有一位称职编辑所具有一个特别之处：发现好文章，发现好作者。而这，是一件非常有意义，同时功德无量的事情。

那个时候的马丽春老师是忙碌的，同时也是日趋活跃的，外在的各种各样的因素都在试图影响甚至改变她，她也的确在改变着，柔和了一些，时尚了一些，自然也就世俗了一些。我这里的“世俗”可不是一个贬义的词，因为原先的马老师给人的感觉是过于学院派，有一些不食人间烟火的味道。

随着副刊越编越多，越编越好，马老师的职务和名声也是水涨船高，俨然成为省城文化圈子里面的一位很有影响力与号召力的人物。

当我们距离还是很远的时候，彼此之间客客气气的。说起“客气”估计不少人会怀疑，难道马老师就没有直言不讳地说你写的东西不好、不行、不具个性吗？难道马老师就没有三言两语，或者一句话就把你打发了吗？当然是有的，不过在我的感觉中，一方面是个性使然，一方面是所处的角色使然，设身处地想一想，就能够理解和释怀，更何况，像马老师这样敢于直言不讳的人并不多见，因为这不仅需要胆气，更需要实力。任何时候，仅仅因为自己处于比较关键的岗位，仅仅因为自己周围有着一大批讨好献媚的人，就感觉特好，不拿正眼看人，对待别人没有起码的尊重和涵养，那么这样的人一定是势利和浅薄的。但马老师显然不是这样，这从她一以贯之的性格和做派，或者从她强势面目下的谦和都可以找到佐证。

我不知道别人怎么看待马老师的直言不讳，从我的角度来看，我感觉马老师的眼光是犀利的，因为见识面和思维高度，她往往能够一针见血地道出一篇文字的问题所在，也能够很到位地说出一篇文字的好处、妙处、不凡之处。以一个平常心态去咀嚼马老师的话语，应该是会有不少收获的。

说到这里，就不能不提到马老师的文字，干净、到位，充满了才华与个性，尤其是近期的文字，写人说事，更是让人忍不住拍案叫好。

回过头继续说我和马老师的交往。2006 年的一天，接到马老师的电话，邀我加入她牵头的一套丛书，几个月之后，一套名为“新安作坊”的丛书出版了，我与马老师彼此之间的了解自然又近了一些。

后来，我们时常会在一些聚会上见面，聊起来感觉没有什么障碍，这估计与我们的年岁相当有一些关系。再后来，马老师会邀请我参加她组织的一些诸如读书沙龙一类的活动，我也会请她参加一些活动和聚会，走动得多了，聊天的内容自然就要深入一些，而这，直接引出我们之间的“著名合作”——“周末七点档·新安读书沙龙”。

关于“新安读书沙龙”，尽管我和马老师之前都写过不少相关的文字，但要说的可以说的话依然很多，以它的体量，做一本书是没有问题的，所以这里我还是三言两语地将它带过。

最佳的搭档、默契的配合，成就的是一个宝贵的品牌，留下的是一段温暖的记忆。马老师和我都很珍视这一段难忘的合作时光，时常会在一些场合提起我们的搭档关系，一批文友也时常津津乐道参加沙龙时的点点滴滴。

在别人的眼中，做沙龙是一件挺热闹有趣的事情，因为不少人跃跃欲“上”，多少还有一些“权力”，免不了会有人捧有人求。实际上，做沙龙真是一件辛苦的活，每一期从策划到落实到细节再到现场掌控、结束之后的工作餐等等琐碎之事，都需要想到落实好，否则，就会出状况丢面子弄得一头大汗。通常情况是马老师是策划，我是操办，一切结束之后，我没事了，马老师还有一件“大事”挂在心上，那就是一篇整版的报道怎么把握，要全面、准确，还要精彩、好看，这种使闷劲的活，别人感觉不到，但我清楚。就像我操办、主持每场沙龙时的所作所为，别人看不全看不细，但马老师知道。

我们的合作因为马老师工作的调整而中断，之后的马老师迅速转型，开始高调练字学画。这其实是一件挺冒风险的事情，有点不成功便成仁的味道，但这样的人，往往还真的就能够成功。马丽春老师有着书法的功底，以及不一般的眼力和悟性，成功似乎是顺理成章的事情，但旁观者不一定会体味到个中的滋味。马丽春老师是聪慧的，也是勤奋的，而要做到勤奋，是需要吃得苦耐得住寂寞的，不要看她每天微博上热闹得很，那是好孩子做完功课后的一种放松，我们这些热热闹闹跟在后面的人得到的，往往只有热热闹闹，而在马丽春老师，则是一种释放和回味。

有一天，我突然想到，成功进军画坛，拥有很多人追捧和关注的马丽春老师，其实还是应该回归到文字的，因为她的文采，是从骨子里出来的，至于书法绘画，最多不过是一种装饰和色彩罢了。当然也不排除马老师能够如吴冠中、陈丹青诸位大家一般，绘画了得，文字也不得了，只不过马老师和他们是相向而行的。

我曾经说过：“马丽春是安徽文化界一道靓丽的风景线。”有人或许会觉得有些言过其实，但我坚持自己的观点，时间会证明一切，更何况马丽春老师还处于一种向上走的状态呢，我期待着，同时也祝福她。

（2014.02）

《爸爸爱喜禾》及其他

一、《爸爸爱喜禾》简介

书　名：《爸爸爱喜禾》

定　价： 18.00 元

出版社： 新星出版社

作　者： 蔡春猪

内容简介：

一位自闭症患儿的微博结集，看似轻松诙谐、幽默搞笑，近似于脱口秀，百无禁忌，甚至还有些“过”的感觉。但只要你稍稍读上几页，就可以感受到一位父亲的苍凉胸怀，那种深到骨子里的痛，那种欲哭无泪的悲伤。于是你就会感动，以至于心情久久不能平静，甚至于情不自禁潸然泪下。

图书卖点推介：

整本图书文字不多，应该属于轻松阅读一类，但因为内容的沉重，又让人有一种不忍卒读的感觉，属于那种既可以一口气读完，又能够让你回味许久的书。

作品特色：

思维灵动跳跃，文字清新耐读，感情真挚感人。

作者简介：

蔡春猪，湖南人，先后做过时尚杂志编辑、文学网站主持、时事脱口秀策划兼副主持、影视剧编剧等。儿子喜禾两岁时被诊断为自闭症，后在新浪开设微博“爸爸爱喜禾”。被誉为“自闭症之父”。

装帧特点及价格优势：

开本小，整体设计素雅，封面上喜禾的涂鸦及腰封上的文字与图片（爸爸与喜禾在一起）很能够打动人。

适读人群及推荐对象：

所有有爱心的人。

掌握顾客心理并引导其消费：

这本书不但可以让我们了解一个自闭症男孩及其父母的故事，更能够让我们走近自闭症患者，了解自闭症究竟是怎么一回事，我们应该如何去看待自闭症，如何去帮助自闭症患者。

同类商品推荐：

周国平的《妞妞》，同样不幸的孩子，同样了不起的父亲，让我们领略到什么叫从容镇定，什么叫父爱如山。

注：此文系为2012年参加全国业务竞赛的选手撰写的一组“图书介绍”中的一篇。

二、喜禾与大福的明天

有一部电影，让我每次看它都会感到难过、揪心，悄然落泪；

有一部电影，让我改变了对两位演员的既往的看法；

这部电影的名字叫《海洋天堂》，两位演员的名字叫文章、李连杰。

看到《海洋天堂》很偶然，第一反应不是对电影本身，而是对李连杰居然能够演绎这样一个朴实的生活化的人物感到诧异。我很有些好奇地看着电影，很快就明白这是一部关于自闭症患者的影片；尽管之前对于自闭症有一些了解，但真正面对这种病和这个群体，还是通过《海洋天堂》。

对于文章，我也是缺乏了解，但通过大福这个角色，我感觉文章是一位不可多得的好演员。能够演好一个正常人，已经是一件不容易的事情；而要演好一个自闭症患者，更是难上加难。不能概念化，更不能脸谱化，能够让观众感觉就应该是这样，演员是要下很大功夫的。文章显然是做到了，独特的表情和动作，看似呆板僵硬，却让人难以忘怀。

一个“星星的孩子”，一个被唤作“雨人”的青年，多年来一直与父亲相依为命。不幸的是，父亲被查出是癌症晚期，孩子的将来怎么办？成为父亲的一个心病。能够想到的办法都想过了，包括和孩子一起投海自杀。影片的最后，父亲死了，孩子似乎找到了一个似乎比较合适的安排。但稍微多想一想，就会发现，这样的安排还是有着不少的问题。因为大福是一个自闭症患者，所以他注定是不能够按照我们这些所谓的正常人的思维模式生活，他注定会遇到他父亲和关心爱护他的人所没有想到的事情，他注定还会遇到一些连正常人都会欺骗、伤害的坏人，那时的他该怎么办？我不能想象。

说穿了，生离死别原本就是不可避免的正常的事情，但大福和他父亲的生离死别却是那样地令人揪心。每次看《海洋天堂》时，我都在想应该怎么办？每次看完电影，我依然是找不到一个好办法，并为此纠结、惆怅许久。

这是一个问题，一个关乎千千万万个家庭的大问题，百分之一的发病率，百分之百的不可治愈率，给我们这个社会提出一个大问题，如何给这些生活在自己的世界里的人以呵护，如何给自闭症患者的家庭以帮助，是一件刻不容缓的问题。

这个世界上有着很多的苦难和不幸，自闭症患者以及他们的家庭只是其中的一种，但他们显然没有做好生活在这个世界的准备，这个世界有责任和义务帮助他们。

喜禾与大福的明天能让我们安心吗？——我总是这样在问自己。

要男人干嘛

——有关男人的最雷人的书名别解

闲来无聊，打开某网站，查询含有“男人”二字的书，发现竟然有数百条之多，粗粗浏览一遍，感觉真是大开眼界。一本正经的、发人深思的、另类搞笑的、莫名其妙的，太多了，太出乎意料了。激动之余，挑出 10 个窃以为“最雷人”的，与大家分享。

需要说明的是这 10 本书都没有读过，不敢妄自评价，本文只议书名，不涉及其他。不过，仅看书名，我就有买一本来看的冲动，可见，给自己的书起一个特别的书名，是多么的重要。

以下排名，按照某种规则，采取倒着数的方式。

第 10 雷人：《为什么不用钱包的男人不能嫁》。对呀，为什么不用钱包的男人不能嫁？难道这里面有着重大玄机。想来真是一身冷汗，太太当年若是知道这事，肯定不会乐哈哈地嫁给我的，因为我似乎就是属于“不用钱包的男人”。不过，话又说回来了，他（作者）怎么就知道这个“道理”的呢，别是推销钱包的“托”啊，美女们一时冲动，决定退婚、离婚之前，还是仔细打听一下为妙。

第 9 雷人：《为什么爱打电话的男人都花心》。这就更奇怪了，首先不明白的是，这“男人”究竟是在什么时候“爱打电话”？谈恋爱的时候还是工作的时候？如果是谈恋爱的时候，是不是说打电话的时候彼此看不见表情，撒谎容易，所以花心的男人都爱打电话。如果是工作的时候，是不是爱打电话的男人容易借机调情，当然对方必须是女人，或者，男人喜欢男人，实在是想不明白，还是买书去。

第 8 雷人：《聪明男人与笨男人的距离 0.01mm》。这本书的作者一定是个女人，而且是一个非常聪明的女人，不然她怎么就能够计算出聪明男人与笨男人的距离只有 0.01mm？太神奇了，简直可以获取诺贝尔奖了。不过，话又说回来了，有时所谓“聪明男人”与“笨男人”之间的距离的确没有多大距离，老祖宗不是就有“失之毫厘，谬之千里”之说吗？可我就是不明白，她怎么知道是 0.01mm 而不是 0.001mm 呢？纠结！

第 7 雷人：《让自己聪明，让男人拼命》。女人一聪明，男人就惨啦！因为女人让自己变得“聪明”的目的，是要男人为她们“拼命”，拼命挣钱，拼命干活，和别人（男人或女人）拼命。总之就是成为女人的使唤小子，呆头呆脑，指东不向西。可我就有一点不明白，这样的男人真的就好？聪明的女人真的就喜欢这样的男人？这世道，真是越来越让人有些搞不明白。

第 6 雷人：《所有的男人都是消耗品》。当男人在女人的眼里只是一种“消耗品”的话，男人的命运就岌岌可危了。“消耗品”，顾名思义，花钱去买，用完扔掉，回头再买。只是，我想知道，女人们怎样做，能够把“所有的男人”都置于“消耗品”的位置上？当“所有的男人”都成了她们的“消耗品”，她们就“幸福”了？也许，从某个角度来讲，这句话或许勉强能够说得通，但作为书名，实在是太雷人了。

第 5 雷人：《男人是最猛的毒》。看看，说来就来了，男人是一种“毒”了，一种“最猛”的“毒”。只是不知道这“毒”是用来吸的，还是用来“以毒攻毒”治病的，或者就是毒害女人、夺其性命的“毒药”？耸人听闻！想来真是要为我们这些男人悲哀，好好的，咋就成了“毒”了，怨不得有人写本书，叫作《男人这东西》，都成“毒”了，可不就是“东西”了吗？

第 4 雷人：《男人是没有进化好的女人》。越来越精彩了，男人居然是“没有进化好的女人”，也就是说，男人只是一个“半成品”。

太精彩了！作者真是太有才了！不知道这是谁的错，让一部分人进化成功，成为女人，同时把那些“没有进化好”，变成了男人，而且这“男人”归根到底，还是“女人”！按照这个理论，男人是值得同情、值得原谅，先天不足，凑合着用吧。

第 3 雷人：《男人比不上存折》。我算是想明白了，既然男人“都是消耗品”，是“最猛的毒”，是“没有进化好的女人”，那么，女人的确也是指望不了男人什么了，男人自然也就很有可能“比不上存折”了。你别说，当今社会里，有时候一个男人还真是比不上一本存折，当然，这“存折”里一定要有很多的钱，有钱了，想干啥干啥，想吃啥吃啥，而这，男人有时还真做不到，想明白了，女人就大可不必再拿男人当一回事了。

第 2 雷人：《男人都是智障》。简直就要打官司了，一棍子把男人们全部都打死了，不知道这本书是怎么出来的，难道出版社里的社长、总编、责编等等都是女人，不然的话，怎么会允许这样一本书出炉，真是“智障”！话又说回来了，如果男人都是智障，那么女人肯定都是聪明人。按照这个逻辑想下去，嫁给智障的女人，脑子一定也是有问题的，要么“取向”有问题，要么的确是没得挑了，咳，这女人们也真是够可怜的。

第 1 雷人：《要男人干吗》。是啊，要男人干吗。过去，还指望着男人干活、挣钱、配合自己生个孩子，如今干活有机器人了，挣的钱可以放在银行里慢慢花，没什么要指望男人了。至于有些敏感的“生孩子”，科学发达了，已经不是什么问题了，弄点皮呀血呀的“培养培养”，一个孩子就造出来了，的确是“要男人干嘛”，没有了价值的男人要猛醒了，女人们都不需要你们了，赶紧想辙吧，第一要务，得想办法生出个孩子来！不然，真的就要让女人们给“灭绝”了！

呵呵，天冷无聊，又是周末，给大伙儿找个乐啊！

（2011.01）

沙龙纪录

以书的名义聚会

“沙龙”一词应该来自西方。从意大利语中的“大客厅”，到法语中引申为贵妇人在客厅接待名流或学者的聚会，逐渐演变成一种品位与身份的组合。因此，所谓正宗的“沙龙”大多有以下几个特点：定期举行；时间为晚上；人数不多，是个小圈子；自愿结合，自由谈论，各抒己见。

对于中国人来说，“沙龙”并不陌生，但也始终没有比较合适的土壤与时机。倒是在合肥，十多年来一直有一种被唤作“沙龙”的聚会时断时续地进行着。据我所知，影响力比较大的，至少有两个：合肥新华书店的“读者沙龙”和“新安晚报”的“新安文化沙龙”，前者开始于20世纪末，紧扣“读书”，在读者中有一定的影响，特别是这两年，几次主题沙龙的影响很大；后者虽然起步较晚，但依托媒体的资源与社会的力量，场面与影响力都很大，更接近传统意义上的“沙龙”。

由合肥新华书店旗下的安徽图书城与新安晚报联合举办一个沙龙，应该属于强强联合，自然是一拍即合。

日子记得很清楚，8月1日的晚间，一次文友聚会上，即将到图书城工作的我，提出一个设想：把书城晚间7点至8点的时间利用与丰富起来，创立一个“周末七点档”品牌，当时朋友们一致叫好，也有几位在媒体工作的朋友表示愿意加入联办，这让我信心满满，第二天就做好了策划方案，“周六版”“周日版”甚至“周五版”的概念也随之出现。

也就是不过两天的时间，接到马丽春老师的电话："你那'周末七点档'我们两家来办，我和领导汇报过了。"我们立即协商确定了以下几点：安徽图书城与新安晚报两家联办"周末七点档"周六版，定名为"新安读书沙龙"，时间为每周六晚上7点至8点（也可以随机提前），地点为安徽图书城一楼大厅。

很快，第一期的嘉宾与举办日期都确定了下来：8月28日晚上7点，与《1Q84》的译者施小炜先生面对面。

紧张的准备工作开始了，密集的电话联系之外，马老师还于24日特地到图书城实地查看磋商，并在26、27日两天的《新安晚报》上发布预告消息，书店这边的工作则是沙龙背景的设计与制作、光源的增强、工作流程的制定、相关图书的货源组织，在暑期销售与活动高峰的同时，腾出手来，做这样的一件事，确实有些忙上加忙的感觉。好在有公司各部门的支持，有员工们的通力合作，大家齐心合力，有条不紊。

终于，一切都在预定的时间内解决了，更让人惊喜的是，许多读者早早地来到了图书城，等候着沙龙的开始，尽管卖场里前一场活动刚刚结束，尽管由于忙乱，很长时间内，音响设备都没能安装调试到位，尽管一切流程还不是那么周密流畅，但读者们显然是并不在意、十分地包容，因为他们在意的是有这么一场活动，有这么一个与名家面对面、共同谈一谈他们感兴趣的村上春树与《1Q84》的机会。

真是很感动，读者的纷纷到来与积极参与大大出乎我们的预料。我在想，也许，我们的设想正好契合了一些读者的想法；也许，这座城市里早就该有这样的聚会；也许，还有那么一丝浪漫的情结在里面：周末的晚间，闹市区的喧嚣渐渐地退去，柔和的灯光下，一帮人聚在一起，以一种轻松的姿态，用现场气氛营造出一种朦胧的、浪漫主义的美感所激起的情趣、谈锋和灵感，演绎着别样的气场与氛围。自此，合肥周末的夜晚，多了一缕飘逸的文化气息与书的清香。

据说，但凡沙龙，一般都会有一个美丽的女主人，我们的“新安读书沙龙”自然也不例外，从第二期开始，我们不但有主讲嘉宾、提问嘉宾，我们还有了一个美丽的女主持——梅兰。

梅兰主持“新安读书沙龙”完全是义务的，但她还是欣然答应了，因为她喜欢读书，喜欢做这么一件事。娇美的外表，不凡的机敏与修养，梅兰以其端庄、大方，为整个“沙龙”添色不少。

江觉迟带着她的热门小说《酥油》来了，闫红、胡迟、张远帆等一群都市里的写作女性来了，她们谈生活、谈经历、谈感悟，当然更多的是谈读书、谈文学。文化的气息、书的清香自此愈发滋长、浓郁。

真是很欣慰，每次紧张有序的准备之后，都能够有一场很有情调和内容的围绕着书的聚会，每次夜色浓厚、放松倦怠之际，都有一个很美好的记忆让人感到充实和值得。

关于这一点，我和马丽春老师有过交流，我们和我们的记者、员工们所有的辛劳与付出，目的其实很简单，为公众的文化生活，为省城周末的夜晚，做一点事，尽一份力。

在“新安读书沙龙”的参与者中，有许多老朋友：写书人、爱书人和藏书人，他们有的是逢场必到、期期不落，有的是有备而来、成竹在胸，更有刻意准备的女士，无论是在穿着上，还是在举止上，都是精心、细心，引得不少的目光，“沙龙”的感觉由此更进一步。“新阅读·新感受”，为书而相聚，以书的名义聚会，合肥乃至全省爱书的人开始了新一轮的聚集。

（2010.09）

“周末七点档·新安读书沙龙”微博记录

第一期 主讲嘉宾：施小炜

嘉　　宾：陈家桥、苏北、闫红

时　　间：2010.8.28

第一期，难忘的第一期，因为是第一次在卖场举办开放式的沙龙，显然是怎么做都难以一下子做到位的，比如音像，比如座椅。当时将活动场地放在书城一楼东侧，难免局促。不过，反响倒是出乎意料的好，嘉宾们也都能很快进入状态，我则客串了一回主持人。村上春树、施小炜和《1Q84》，是那天晚上话题的聚焦点。

“周末七点档·新安读书沙龙”第一期

第二期 主讲嘉宾：江觉迟

嘉　　宾：许辉、孙叙伦、洪波

时　　间：2010.9.4

本期沙龙之前，我并不知道江觉迟这个人，但沙龙之后，我不但认识了江觉迟，还记住了她的《酥油》。另外有几个变化：还是原来的场地，但是换了一个方向，坐西朝东；增加了一个赠画的环节，这得感谢吕士民老师；最为重要的是，沙龙有了一位专业的美女主持人梅兰，我则改行当最后的总结者，压力依然挺大。

第三期 主讲嘉宾：闫红、胡迟、张远帆

时　　间：2010.9.12

第三期沙龙因为是关注女性写作，人气挺旺，坐不下时，我和马丽春老师就站着，心里却是喜滋滋的。三位嘉宾也是挺有特色，闫红、胡迟，一对才女，张远帆老人85岁了，依然爱读书、爱写作，着实感动人。梅兰、吕老师和我依然做着各自的规定动作，一来二回，大家慢慢地就上路了。三个女人一台戏，这戏唱得挺好。

第四期 主讲嘉宾：闫红

时　　间：2010.9.19

闫红绝对是沙龙的强有力的支持者，这刚下了场，又赶着热乎劲，来了一场独角戏，新版电视连续剧《红楼梦》引发很大争议，听听曾经“误读红楼”的闫红怎么说，绝对是卖点。本期沙龙又增加了一位帅哥主持，还有一位神秘嘉宾——铁杆“红粉”。总是有点变化，总在琢磨着怎样才能出彩出新，为此我们一直在努力。

第五期 主讲嘉宾：张松、杨国新、石兰

时　　间：2010.9.26

这是我唯一缺席的一场沙龙，也是我最为关注的一场沙龙。根

据照片和员工与读者的反应，挺好，挺正式，还有录像。省美协的主席、油画家、杨国新、副主席山水画家张松，女工笔画家石兰，挺好的一个组合。聊艺术，聊创新，聊巴黎，聊市场意识，话题很多，但一直围绕着绘画这个主题，听起来一定是很过瘾。

第六期　主讲嘉宾：郭中一

嘉　　宾：裴德海、闫红

时　　间：2010. 10. 17

来自台湾的郭中一教授气场很大，以至于沙龙结束时还有不少人围在他身边，问长问短。有着深厚国学功底，受过良好的系统教育的郭教授知识面很广，听他聊天，不仅仅是一种享受，更是一种学习与吸收的过程。为这期沙龙，我特地找了一本郭教授在大陆出版的科普读物《科学，从好奇开始》，薄薄的一册，很受欢迎。

第七期　主讲嘉宾：许春樵、赵昂、苏北、刘政屏、吕士民

时　　间：2010. 10. 30

“周末七点档·新安读书沙龙”第七期

本期沙龙嘉宾挺多，《五虎出列》的五位作者悉数登场。沙龙的题目挺大——当文学遭遇市场。上午的签售后聚餐，不胜酒力的我被送到医院打点滴。尽管头晕目眩，我还是坚持赶回书城，然后赶上去救场，所幸发挥正常。本期的主持人由美女出版人朱丽琴客串，许春樵和赵昂、苏北，精彩对话，谈得很多也很深。

第八期 主讲嘉宾：黄复彩

嘉　　宾：苗秀侠、汪爱武

时　　间：2010.11.7

因为一本书确定一位读书沙龙的嘉宾，这是马丽春的特别之处，看完《梁武帝》，便把它的作者黄复彩从安庆请到合肥。因为一位员工的婚礼，我没有参加前半场的活动，匆匆赶回书城后自然是一时找不到什么感觉，但是作家苗秀侠为了这次活动特地从北京回来，令人感动。梅兰与吕老师的回归，自然是使我安心又亲切。

第九期 主讲嘉宾：孙云晓

嘉　　宾：何炳章、闫红

时　　间：2010.11.13

“周末七点档·新安读书沙龙”第九期

孙云晓的名气极大，因为在安徽教育出版社出了一本书，所以有机会参加我们的沙龙。因为是谈孩子的教育，所以本期沙龙很火，大家紧密地围在一起，感觉暖暖的。不过话题却有些让人心里发凉，因为孩子的教育从来就是个问题。地点改了，大厅中心地带，开阔多了，又多了个网上同步提问，我这个主持有些不好当。

第十期　主讲嘉宾：王丽萍

时　　间：2010.11.27

王丽萍是合肥的媳妇，也是新华书店沙龙的老朋友，早年在合肥的时候，名气就挺大的，现在写了几部热播的电视连续剧，更多的人认识了她。天气冷了，读者的热情却很高，大家都是笑呵呵的。互动环节更是热烈、温馨，那个亲切劲啊，着实打动人。又添置了一批新椅子，结实、时尚，这沙龙越做越有模有样了哈。

第十一期　主讲嘉宾：李国彬

时　　间：2010.12.4

这一期关于《杀人有理》的沙龙我也是只参加了后半段，不过因为事先做了一点功课，结尾的发言还算凑合。因为大家都不在，所以马丽春是上阵母女兵，轮番提问，辛苦得很。不过台下倒是坐了一批文化人，互动起来，也蛮热闹的。身边的推理小说，给人一种别样的感受。社会是多姿多彩的，文学自然也应该如此。

第十二期　主讲嘉宾：金美净

嘉　　宾：陈家桥

时　　间：2010.12.11

金美净这期沙龙好热闹！韩国人成了中国人的媳妇，还写了一本书叫作《嫁到中国》，可有的聊了。我又当了一回主持，与金美净对起话来还算顺溜，当然关键原因还是她的中国话说得好。作为本期沙龙的发起者，作家陈家桥又当了一回嘉宾。韦君琳、潘家忠两位同场赠画，这是第一次。回想起来，这期沙龙很有意思。

第十三期 主讲嘉宾：吕士民、赵昂

嘉　　宾：潘家忠

时　　间：2010.12.12

赵昂、吕士民这一对忘年搭档已经合作了三本书，当天上午做的签售，晚上连续作战。梅兰又出现了，潘家忠现场解读吕老师的画，自然专业又热情，不过最热情的还是吕老师的那些乡亲和粉丝们，把图书城弄得像是办喜事似的。吕老师显然有些激动，举着话筒说了很久。想想看也是，这么些年来，老吕同志不容易！

第十四期 主讲嘉宾：韩月

嘉　　宾：张国琳、祝凤鸣

时　　间：2011.1.8

这期沙龙我有点找不到感觉，因为有一大批艺术圈子的人在，而我则是个门外汉。不过开场白还是我说的，因为又来了一位新主持，安徽音乐广播电台主持人，低调文雅的孙晨。韩美林的女儿，出生在合肥，就冲这，自然就有不少话题。还说到孩子，说到三聚氰胺，记住了一句话："不要勉强孩子，不要害了孩子。"

第十五期 主讲嘉宾：闫立秀

嘉　　宾：丁玉兰、刘晓明、裴章传

时　　间：2011.1.22

闫立秀是个人物，两本自传体小说写得都不错，口才也很好。七十年的高龄，生命中的五位女性，吉卜赛人似的走南闯北，充满了坎坷和传奇，不容易，更不简单。丁玉兰、刘晓明、裴章传这些文艺名家的到来让这位草根作家很有面子和底气，老家长丰人更是

开了好几挂车（闫老原话）来捧场，那个人气和热闹劲头，真是很少见。

第十六期 主讲嘉宾：潘小平、王明韵、温跃渊、牛耘

嘉　　宾：程耀恺、吕士民、潘家忠、梅兰、孙晨

时　　间：2011.1.29

这是第一次在书城之外举办的沙龙，主题是“回望四牌楼——合肥人的读书记忆”，因为老字号四牌楼书店即将拆除重建。来了很多本埠文化名流，说起四牌楼书店，都是充满了感情。潘小平的独特见解，王明韵的长诗，温跃渊的新书和日记本，牛耘老人深情的叙说，吕士民老师伤感的泪水，都给人们留下了深刻的印象。

第十七期 主讲嘉宾：温跃渊

嘉　　宾：关友江、张秀华、王晓勤

时　　间：2011.2.20

这是一期独特的沙龙，因为嘉宾温跃渊老师堪称安徽文化的活字典，因为其他几位嘉宾的不一般：来自小岗村的关友江、张秀华，沈浩的夫人王晓勤。这是我最初比较大胆的设想，没曾想还真的就做成了。孙晨第三次担纲主持，不同的嘉宾不同的话题，感觉很好。音响设备升级了，说的人和听的人都感觉轻松了不少。

第十八期 主讲嘉宾：郑春华

时　　间：2011.3.13

郑春华是沙龙请来的第一位儿童文学作家，她的作品《大头儿子和小头爸爸》可以说老有名了。因为是开放式的沙龙，所以不同的读者可以根据自己不同的喜好确定自己是否留下来听一听。所以对本期沙龙感兴趣的都是一些小孩子的父母，就孩子教育与培养这个话题，大家在一起对话探讨，已是孩子妈的孙晨可投入了。

第十九期 主讲嘉宾：孙禹

时　　间：2011.3.19

孙禹来了，梅兰也来了，但娴熟老道的梅兰却控制不了张开嘴来便一发不可收的孙禹，因为孙禹太能侃了。大话题与小话题混搭交织，普通话与合肥话轻松变换，让听众们笑成一团。哪里是什么美声歌唱家，整个一个喜剧明星，太得味了。海外经历，文化家庭，写书出书，什么都能说上一大堆，典型一个“人来疯”啊！

第二十期 主讲嘉宾：江觉迟

嘉　　宾：张苏、孙叙伦

时　　间：2011.4.17

第二次在书城之外做沙龙，给同一位嘉宾做两次沙龙，是本期沙龙的特色。因为江觉迟《酥油》的广播版的完成，所以才有了这场特别沙龙。两位文坛宿将张苏、孙叙伦和江觉迟讲述的《酥油》的出版过程，令人唏嘘感动，电台播音员们的专业主持、讲述和朗诵，让大家享受了一场听觉盛宴，一切都很专业也很温情。

第二十一期 主讲嘉宾：孙叙伦、沈晖、苏北、陈家桥

时　　间：2012.4.23

在每年的4·23世界读书日做一期沙龙，是我们一直坚持的。本期沙龙的嘉宾很棒，孙叙伦、沈晖、苏北、陈家桥，他们和书之间的故事很精彩，也很打动人。来自电台的张晓伟友情客串了本期沙龙主持，五个男人倾情演绎着关于书的故事与传奇，让很多人停下了脚步。很美好的一件事，一如茶儿上那一捧盛开的玫瑰。

第二十二期　主讲嘉宾：刘继潮

嘉　　宾：章飚、班苓、王永敬、李健锋

时　　间：2011.5.21

刘继潮是沙龙请来的第五位艺术名家，他的由三联出版社出版的《游观：中国古曲绘画空间本体诠释》是一本研究中国画空间问题的专著，反响很大。我因为和绘画距离比较远，所以基本上是在看热闹。不过有一句话我是听懂了，那就是不能只用手画画，而是要用头脑画画，事实上写作也应该如此，道理是一个样的。

第二十三期　主讲嘉宾：潘小平、许春樵、王刘生

嘉　　宾：赵宏兴、苗秀侠、鲁书妮、雷曼、贺建军

时　　间：2011.5.29

松潘，一个很遥远的地方，但它和我们却又很近，因为它是我们安徽定点援助的地方。《高天上流云》，我省一批实力派作家潘小平、许春樵等去松潘实地采访后写出来一本纪实文学作品。很多故事很感人，很多细节很让人震撼。近一年来，梅兰主持了整整十期沙龙，很敬业，也很辛苦。感谢梅兰，感谢那些义工们！

第二十四期　主讲嘉宾：赵斌元

时　　间：2011.6.19

这是一期最为低沉悲情的沙龙，同时又是一期温暖难忘的沙龙。《此生未完成》作者于娟的丈夫赵斌元博士，与合肥的朋友们在一起说着于娟，她的病与她的博客，她的理想和追求，她的懊悔和反思，她牵挂不已的儿子“土豆”。这是孙晨第六次主持沙龙，她对于话题、气氛和节奏都把握得很好，一场很难忘的沙龙。

“周末七点档·新安读书沙龙”第二十四期

第二十五期 主讲嘉宾：李霄峰

时　　间：2012.4.7

十个月后，“周末七点档·新安读书沙龙”迎来了它的最后一期。嘉宾是一位从合肥走出去的个性男孩，集作家、编剧、演员和影评人于一身的李霄峰。《失败者之歌》是他的一本新书，写得很好，轻松俏皮，个性张扬，很有文采。他评价我的主持：“做足准备，深入浅出，现场的节奏感控制得非常到位。”谢谢霄峰！

附录：

周末七点档·周末读书会

第一期 主讲嘉宾：季宇、潘小平、赵焰、闫红

时　　间：2010.10.24

“周末读书会”是“周末七点档”的另一个栏目，只做了一期，便没有再做了。精力有限，资源也有限，还是集中力量把一件事做好才是。不过这唯一的一期嘉宾阵容超强，季宇主席领头，潘小平、赵焰、闫红各具特色，并时常交叉、交锋，听起来很带劲、过瘾。沙龙主题是“王蒙的道理”，我则又操起话筒当主持。

教育牵动大伙儿的心

——第九期“周末七点档·新安读书沙龙”侧记

2010年11月14日晚上7点，著名教育专家孙云晓先生来到安徽图书城，和读者一起探讨孩子教育的方方面面，受到空前的欢迎，参加沙龙的读者人数超过以往任何一期，由此也可以从一个侧面看出：教育的的确确牵动着大伙儿的心。

“周末七点档·新安读书沙龙”到今天已经举办了九期，之前有不少著名的作家、翻译家、画家来到沙龙做嘉宾，而作为著名的教育专家做客沙龙，孙云晓先生是第一位。对于“新安读书沙龙”来说，这是一种拓展和尝试，当沙龙结束的时候，我感觉，它成功了。

由于店堂布局调整，本期沙龙的场地有所改动，从图书城一楼东侧移至正对大门的中心展台前，同时对沙龙的形式也做了一些调整，读者的座位改为圆弧形排列，嘉宾前的台子上铺上了比较温馨的布艺绣花台布，将读者与嘉宾的距离拉得更近，将沙龙的气氛渲染得更浓。

17年前，孙云晓先生以一篇名为《夏令营中的较量》的报告文学而震撼全国、一举成名，之后一直从事教育的研究与探索，声名卓著，成就颇丰，有《教育是人的解放》《让人幸福的教育》《拯救男孩》等多部教育专著，广受关注与欢迎。

尽管在持续近100分钟的时间里，孙云晓先生谈及的内容很多、涉及的面也很广，但主题只有一个：孩子的教育，怎样才能教育好孩子。由于我既要做好组织调控，又要做好接待沟通，同时还要不时客串一下沙龙主持，真正能够静下心来听的时候并不多。但即便如此，还是有不少的收获与共鸣，简单梳理一下，形成以下几个关键词。

“尊重”： 包括尊重孩子的权利，尊重孩子的兴趣，尊重孩子的选择。

“父爱”： 孙云晓先生曾经说过：“一个父亲胜过百名老师”，可见父亲在家庭教育中的位置。孙云晓先生认为，对于孩子，特别是男孩子来说，父亲的关心和教育，至关重要。有时候，母亲费半天劲也解决不了的问题，由父亲出面，就会变得简单得多。

“拥抱”： 要学会拥抱自己的孩子，在孩子成功的时候，在孩子失败的时候，在孩子遇到困难或者与父母对立的时候，一个亲切的拥抱，或许能够表达更多的内涵，化解更多的矛盾。

“读书”： 孙云晓先生在讲话中为书店做了两次“广告”，呼吁家长多到书店买书。当然，孙云晓先生的本意是要广大的家长为孩子营造一个读书的好环境，要舍得花钱为孩子买书，在教育孩子、与孩子相处时遇到问题，可以到书店寻找相应的图书，获取办法与帮助。

“大耳朵小嘴巴”： 多听少说，做智慧的父母。

“父母好好学习，孩子天天向上”： 这是沙龙结束时，在我请出席本次沙龙的三位嘉宾，每人说一句话时，孙云晓先生说出的一句话，很新颖，也很发人深思。是的，我们总是在要求孩子这样那样，但我们忘记了作为父母的我们，应该怎样去做。我们要学习，不断地学习，学习丰富我们内心、增加我们修养的知识、学习养育孩子、教育孩子的理念，学习与孩子相处、帮助孩子进步的方法，只有我们这些家长学好了做好了，我们的孩子才有可能会变得更好。

（2010.11）

又见王丽萍

——第十期“周末七点档·新安读书沙龙”侧记

又见王丽萍，是在很多年之后，她应该是没有什么印象了，而我却是记忆清晰。这应该是名人与普通人之间的区别，她只是匆匆地来、匆匆地走，而我则是一名普通的接待人员。

有一件事情很有意思，那就是许多年以后，再次见到王丽萍时，她依然是嘉宾，我依然是一名负责接待的，而她参加的依然是一场“沙龙”。只不过那次的沙龙叫“读者沙龙”，这一次则是“周末七点档·新安读书沙龙”。

王丽萍在合肥有着足够的基础与气场，她的名字会唤起许多人内心深处的记忆，从合肥走出去的王丽萍给合肥的，更多的是一些抽象的消息片段，远没有其一部接着一部的作品，更为直接，更能引发共鸣。

因此，当王丽萍回到合肥，回到读者中间的时候，会是怎样的一种场景，应该是可以想象的。

在于我，事先不但是有所意识，更做出一些准备：添置一批质量好、外观上乘的椅子，增加了一些光源，紧急协调、调运了她的作品：长篇小说《媳妇的美好时代》，散文集《戏·颜》，还有海报，还有与新安晚报马老师的密集沟通……一切的一切，都是为了这一场沙龙能够如期、顺利地举行，毕竟是合肥的媳妇，而且名气已经是今非昔比。

有些忐忑的心在 27 日的上午就放了下来。在季宇主席作品签售会上，我看到她与先生鲁书潮，那时她正在静静地排着队，等待着购买《新安家族》。

多年之后，王丽萍的模样没有太大的变化，但更为大气、稳重了一些（当然，变换一个场合，你又能看到她截然不同的另一面），这样的感觉在晚间的沙龙里得到进一步的印证：收放有度、从容不迫，给人的感觉是一种成熟的美。

因为有着广泛的读者群，因为有着许多的话题，沙龙的气氛是轻松活泼的，用一句文学一些的话来说，是“温馨”，如果更正式一点，那就是和谐。

王丽萍是聪明的，她能够在不显山露水之间，将她要说出的话，想表达的心情，需要透露的信息，娓娓道来；王丽萍是机智的，她能够轻松应对各种各样的人、各种各样的问题，巧妙切入，因势利导；王丽萍同时还是非常自信的，坦诚的语言、真实的表达、鲜明的观点、清晰的自我定位，都源于一个很坦然的心胸。

一个多小时紧凑而又热闹的沙龙结束的时候，我相信所有人心里都是轻松、轻快的，他们经历的，是一种随意、放松的交流，说出来的与听到的，将一颗在生活中被种种的不如意与不愉快所侵扰的心，轻轻地抚平、温暖。而这，或许就是沙龙的功效与魅力之一吧。

又见王丽萍，看到的是一种被演绎得瑰丽灿烂的人生；又见王丽萍，我们的心中生出许多的思绪与期待：矢志不渝，自信勤奋，华丽转身，更高更远，王丽萍的人生轨迹也可以是你的、我的，我们的。

（2010.11）

身边的推理小说

——第十一期“周末七点档·新安读书沙龙”侧记

由于一些事务，没有能够完整地参加第十一期“新安读书沙龙”，但是我还是尽力赶时间，参加了沙龙的后半段。

马老师见了我，立刻让我说几句话，我说等一会儿，我得让自己尽快进入情绪。可我拿到书还没有翻上几页，马老师又发话，让我上去说几句。没办法再推了，只好从命。

首先我表示了歉意，紧接着向本次沙龙的主讲嘉宾李国彬老师问好，然后谈了自己的一点小小的感受。我说，像我们这般年纪的人，一提起推理小说，很自然就会想到日本，因为在我们年轻的时候（呵呵，有点沧桑感啊），书店里卖的推理小说，大多数都是源自日本。如今，忽然发现就在我们身边，就有写推理小说的，而且，还被安徽文艺出版社发现，将其正式出版了，感觉真是很特别。我希望大家能够关注，关注小说、诗歌、散文以外的推理小说，关注我们本土的推理小说。

我觉得自己说的是真心话，而且通过了解及随后的观察，我感觉沙龙的气氛的确如朋友介绍的那样，很不错。充分交流、沟通之后，大家了解了“李氏风格”的推理小说，它的特点和它与国外推理小说的不同之处。

沙龙结束的时候，我有幸得到一本李国彬老师的《杀人有理》，并且回到家里就开始翻看。在我一口气读完几个章节的时候，我发现自己已经看出它的一些风格与特色，感受到它不同于其他推理小说的地方。

文字不错，脉络清晰，但主观的东西多了一些，而且还有些少儿不宜。边读边想：李国彬老师真正的了得，推理小说的外衣下，演绎的是一幕幕的世态风情，人间冷暖，将本来有些暧昧、纷乱的社会，拨他个云开雾散，冷冰冰甚至血淋淋，明明白白地让人没来由地生出几丝寒意来。

(2010.12)

今天的主题：白岩松

这是一件没有办法的事情，我今天生活的主题只有一个：白岩松。原因有两个，一个是工作，一个是一本不错的书。

白岩松到安徽图书城来签售这件事，因为高层的重视和运作，已经成为一件规格与意义都很大的事情，操心办事的人一多，我似乎就没有什么事情可干了。但真正事到临头，还是有些紧迫感和责任感的，早上早早地出门，然后是早早地安排、布置，接下来是早早地准备好一切，只等待着主角登场。

白岩松今天的行程很紧凑，上午九点多飞机落地，媒体见面会、读者见面会，书城签售会、安大报告（签售）会，一场连着一场，可谓马不停蹄，很是辛苦。想来应该是时间宝贵，出来一趟是一趟，所以安排得满满当当。

媒体见面会没有去，据说有好几十人，小会议室人满为患。读者见面会倒是去听了一会儿，由于记者继续跟进，现场的秩序有些乱，提问的读者似乎大多为女性，比较激动，甚至激动到了语无伦次的地步，感觉有些好笑。

白岩松看上去要比电视上要高大俊朗得多，但说话时还是非常“拎”着，像是在做节目，态度也不够谦和，着实让我有小小的失望。不过，不如此，该怎么样，估计他自己也不好拿捏。

读者的热情真的是很高，在成人这一块，用“前所未有”应该不为过的。围绕着卖场的书架，画一个大大的圈，然后延续到书城的门外，沿着长江中路排上一大溜。将书城所有的男员工各就各位后，我顺着这条长长的队伍不停地转着圈，督促大家往前走，维持着秩序，稳定着大家的情绪。很快就满身大汗。

今天的读者的确是很让人欣慰，文明、平静，很长合肥人的脸。

图书的销售自然也是很不错的，这对于一本已经畅销很长一段时间的图书来说，很不容易。更让人感叹的是，另一本再版书《痛并快乐着》，居然也有着不俗的销售记录。

这次白岩松主签图书《幸福了吗?》最近出了一种口袋书，与过去的小 32 开大小相仿，书城此次到了 100 本，颇受欢迎，当我发现它只剩下最后几本后，当机立断，买下，请作者签名。

下午 5 点多钟带着这本《幸福了吗?》回到家里，原本没有想到要马上就读的，因为很疲乏，没料到一旦上手竟会放不下来，一口气看了许多，晚餐后继续，又是好一段时间。

内容很好是自然的，很多内幕的东西，很多大众关心的东西，但我感觉它吸引人的地方还是有思想、有个性，有真切的感受，能说一些真话。它的语言风格与作者在电视上的是一致的，读起来感觉蛮熟悉、亲切的。

白岩松出生于 1968 年，今年 43 岁了，非凡的阅历与思考使其作品有着不同于其他名人作品的独特魅力，看得很开、想得很通、说得很到位，在于我，把读他的书作为一种交流与思考，一种释放与收获，很值得，很惬意，我想，今天的主题将会继续，演绎并且放大。

(2011.03)

辛苦并欣喜着

——“世界读书日”琐记

为着“世界读书日”举办一些活动，已经有几个年头了。作为一个读书人、卖书人，能够为一年一度的世界性的“读书日”做一点事情，也是分内之事，应该的，没有什么可以表白与抱怨的，但今年的“世界读书日”却是有些不同，有些劳累，有些紧张，有些辛苦。

首先是事情赶到一起了。原本每年这一天只有做沙龙这一件比较重要的事情，但今年却是两件相当重要的事情：上午到逍遥津公园的省直机关读书游园会现场流动，下午在卖场举办“世界读书日”特别沙龙。

流动的规模很大，30 米长的台子，10 多万元的图书，许多细节、许多规定要求我们必须及早到书城，将台子、书籍等一大堆物品运送到公园。然后搭台、拆包、把书摆放到位，接下来就是介绍、出售图书——整个过程要求我们员工必须精力集中、手脚麻利。

因为此次沙龙主办方由两家变为三家（安徽小说评书广播加入），又是一名新主持人张晓伟友情加盟，而且嘉宾多达 4 人，设计的环节与细节也是多出以往，所以，明显感觉到一种压力，担心有什么疏漏和差池的地方。

早上 5 点多一点起床，不到 6 点的时候到达书城。因为前一天晚上的应酬与事务，实际睡眠时间不到 4 个小时。中午原本是要补一会觉的，但科教书城下午 3 点有一场活动，希望我过去看一看，因此午餐后只能睡上一会儿。

天气晴好，阳光明媚，但这样的天气也是容易犯困的，但因为整个活动从准备到进行，一个环节连着一个环节，几乎没有停歇的时刻，终于到了结束的时刻，感觉总体还是不错的时候，还是不能真正地松一口气，因为后面还有一个热闹而有趣的聚会，让人提神而开心。

晚上 9 点的时候，众人散开，走在街上，暖暖的风拂面而来，身心一下子放松开来，直觉告诉我，累了，真的是累了。

早上的一切是那样的紧凑流畅、收获颇丰，晚上的沙龙是那样的精彩热烈、人气空前，主持是那样的出彩，嘉宾是那样的给力，读者是那样的欣喜投入，有了这一切，我觉得自己应该感到满足，虽然放弃了一整天的休息，虽然这一天过得有些辛苦。

的确，人与人是不一样的，有些事情，有些人愿意去做，有些人不屑于去做，有些人则要求付出与得到对等，但在我来说，凡事不想得那么太多，认准了就去做，追求的只是一种感觉：做自己应该做、愿意做的事情——辛苦并欣喜着。

（2011.04）

我们内心的善良

这些年，操办过许多场的大大小小名家签售，也操办过许多场各种形式的沙龙，但昨天（6 月 19 日）下午的那场签售与沙龙却是最为特别的，心情也是最为复杂的。我发现参与这两场活动的许多朋友和读者，都和我有一样的感觉。不需要任何的求证，我确信我能够感受到，感受到一样的压抑，感受到一样的小心翼翼，感受到一样的关切，感受到一样的感动。

第一眼见到赵斌元博士的时候，我的心一紧，他显然是没有回过来劲的样子，脸色不好，人也显得很落寞孤单的样子。只是那一眼，我就觉得，自己该为他做些什么，就像二十多天前我拿到于娟的《此生未完成》时，觉得该为这本书做些什么一样。我觉得我应该帮助他，让他在合肥的几个小时里，能够多一些放松、宽慰和温暖，少一些局促、提防和悲凉。

我、马丽春、孙晨等开始与他进行小心翼翼的沟通，从沙龙的形式到流程的设计，从话题的选择到互动的形式，还有哪些内容应该注意避开，哪些状况需要提前做好应对措施。赵博士很随和的样子，说他没有什么需要特别避讳的，只要不是特别过分，都可以谈。尽管如此，我还是对他说了一些类似承诺一般的话语，请他放心，一定会为他及时化解可能遇到的尴尬，在需要的时候及时站出来“保驾护航”。

我是这么承诺的，也是这么做的，在这之后的几个小时的几场活动里，我一直是全程陪同，这在近两年里，是很少有的。

一个略显沉闷的工作午餐后，我一面安排赵博士到书城办公室稍事休息，一面检查落实下午一系列活动的有关细节。

首先是签售，下午 2 点半到 3 点半，一个小时的时间，我既担心没有读者或者读者很少，也担心读者会有一些不够妥当的言行，要知道赵博士在合肥的这场签售，是他在书店卖场举办的真正意义上的第一场签售。在此之前的 5 月 19 日的哈尔滨全国书市上的首发仪式，在复旦大学的演讲会，在北京制作专题节目，或许也有些签售，但都是一个附带环节。当然，复旦大学演讲会后，出现过 1200 多本书一抢而空的情况，可那是于娟的母校，其他地方是不能类比的。

另外，准确地讲，这是一场没有作者参加的签售。

2 点钟之后，有员工报告，一楼签售现场有一些读者在等候，这让我稍稍放心一些，2 点半，我陪同赵博士准时到达一楼的时候，见到几十位默默地排着队的读者，等待着签售活动的开始。

没有客套的话语，更没有任何渲染，赵博士在签售台前坐下后，随即进入签售环节。读者很有秩序，一个一个走过来，请赵博士签名，然后很有礼貌地点头表达谢意，然后离开。有要求写上自己姓名的，有要求写上一句话的，赵博士均一一予以满足。

我因为是一直陪伴在旁边，自然也会观察那些读者，发现他们几乎包含了所有的元素，其中女性似乎要比男性略为多一些。印象深刻的是有一位中年女子，买了两本书，赵博士为她签名的时候，她的眼圈红红的，很快便有泪水流了下来；还有一些女读者，在等待的过程中，不停地吸着鼻子，似乎努力在忍着不让自己哭出声音来。男同胞们的脸上一律是严肃沉重的，他们往往会在赵博士为他们签名的时候说一两句安慰鼓劲的话，当然，更多的是伸出手来，用力与赵博士握一握手，我想，所有的安慰与鼓励，应该都在那用力一握上。

这真是一场特别的、难以忘怀的签售。

负责为赵博士翻书的员工是一位敏感的女孩子，整个签售过程中，她一直看似很平静地做着自己的工作，只在一回，眼圈红了起来，事后她告诉我，一位男读者告诉赵博士，他也是癌症患者，比于娟大几岁，赵博士听罢，在书上写一句为他鼓劲加油的话（应该有“胜利”“勇士”字样），然后站起来，用力地握了握他的手。

时间过半的时候，我从担心读者不多到担心时间不够用，因为紧接着就是媒体见面会，而书城还准备请赵博士预签一些书留给那些没来得及赶过来的读者。事实证明的确是这样，结束的时间一拖再拖，最后一次离开时又折回头签了最后 3 本，都是匆匆赶来，又匆匆去服务台买了书赶过来的读者。

因为赵博士要赶最后一班火车回上海，“周末七点档·新安读书沙龙”提前到了下午 5 点半。这真是一场特别的沙龙，人们大多着素装（这是我事后看照片的时候发现的），主持人孙晨也是很出乎意料地穿了一件白色上衣，配搭着一条素花丝巾，看上去很特别。

为了这次沙龙，我们特地在事先就约了一些本地的文化人，请他们事先读一读于娟的书，以便更好地和赵博士交流。苗秀侠、胡迟、菜农（网名）、汪晴等等，无不既用心去读了于娟的书，又用心谨慎地准备了和赵博士交流的话题。而她们可都是一些平日里特别忙碌的一群人，为了于娟，她们来了，用她们的真情和爱心，配合着主持人和赵博士完成了一个成功流畅的沙龙。

尽管我们的沙龙是来去自由的，但这一场沙龙的参加者却是超常的稳定，特别让人感动的是那些围在座椅外围的读者们，就这么一直站着听了整整一个小时。

沙龙即将结束的时候，我说：“作为一位重症患者的亲人，赵博士不离不弃，承受着巨大的压力和痛苦，很不容易，很了不起。如今逝者已矣，而生者却要继续承受着巨大的压力和痛苦。今天是父亲节，我提议大家伸出自己的双手，用鼓掌方式，祝福土豆（于娟的儿子）、祝福‘光头’（赵博士）。”

热烈的掌声让我一直压抑的心情得以稍稍释放，我想，参加沙龙和签售的大多数人恐怕都和我一样，一直压抑着自己的感情，大家都是怀着一颗善良的心，围拢到一起，呵护着赵斌元、呵护着我们自己。于娟的离去，让许多人的心都受到了不同程度的伤害，他们内心最柔软、最善良的那部分被凸显、放大出来。

其实，在许多人的内心，都有着一份或多或少的善良，尘世当中，它们渐渐地被遮盖、掩藏，很深很隐蔽，以至于轻易不能够被发现和唤醒。于娟和她留下来的《此生未完成》让他们在一瞬之间感受到一种深到骨髓里的痛，人生的无奈与无常让他们记起，原本我们都是需要在索取与付出的同时互相温暖的，而善良，我们内心的善良，似乎慢慢地被我们淡忘了。从这层意义上来说，我们的确需要感谢于娟。

（2011.06）

要有原则有计划地读书

——第一期“安徽图书城·新安读书汇”侧记

2014年5月18日，是安徽图书城店庆十四周年，为了庆祝店庆，安徽图书城安排了一系列活动，其中的重头戏有两个，17日的首期“安徽图书城·新安读书汇”，18日的安徽文艺出版社“新生代作家小说精选大系”作家团队签售会。

“安徽图书城·新安读书汇”是安徽图书城和新安晚报时隔两年之后再度联手举办的一档读书类的活动，它与“周末七点档·新安读书沙龙”的最大区别：一是形式上的变化，由类似会议式谈话改为现在的围桌式聊天；二是时间上更加灵活，基本上是双休日的上午，但也可以是其他时间。事先我和马丽春老师商量这个活动的时候，一致认为：改变的是它的形式，不变的是它的宗旨和方向。为合肥乃至安徽的文化建设，做出自己的一份贡献；为省城人民的文化生活，添加一项新的内容。

作为安徽省作协主席，许辉老师很忙，但他还是很愿意挤出时间参加“读书汇”，这让我们很受鼓舞。许辉谈起他的读书经历和心得的时候，有一句话给我的印象很深，那就是“要有原则、有计划地读书”。许辉在博览群书的同时，写下了海量的读书心得笔记，其作品《和自己的夜晚在一起》就是一本关于读书的书，许辉“崇尚到社会读大书、在夜晚读小书的生活理念，读书既用功，更用心，亦用情。”所读之书涵盖许多学科和领域，为其创作打下了良好的基础。

诗人、文化学者祝凤鸣的读书经验是利用有限的时间读一些有价值的书。因为在祝凤鸣看来，人的一生，即使你每天都在读书，也是读不了很多的书。所以，尽管他有时候也会读一些轻松的书，但更多的时候，他还是会读一些比较久远的外国古典文学作品。“心灵的幽深”是祝凤鸣谈话中提到的一个词，我想，那些厚重的、有着一定深度与高度的作品，应该是达到其目标的有效途径。为此，祝凤鸣拒绝微博、微信和博客，以自己的方式生活在他所追寻的世界里。

作家闫红回顾了她《误读红楼》的写作过程，感慨职业化的阅读导致阅读范围变小，对自然阅读形成障碍。在闫红看来，阅读可以使精神和身体得到恢复，哪怕你刚才已经不可忍受。谈到孩子，闫红认为，对孩子的阅读要求过高不好，看什么都行，没必要一开始就读一些深奥的东西，重要的是阅读习惯的培养。对于自己，闫红的要求显然就要高出许多，因为“作为一名轻阅读的写作者，仅仅读一些水平相当的文字是远远不够的。”

马丽春也是一位非常喜爱读书的人，她阅读的跨度很大，由于近年来痴迷书画，她读了不少有关书画方面的书。由于写字和绘画题款的需要，马丽春可以说是唐诗、宋词不离手，感觉它们可以给心灵带来美感。马丽春认为，专业图书也可以给我们带来启发，所以可以多方面图书交替地读。

马丽春认为，我们需要阅读，但（读书汇）这样的活动对她和读者都很有益处，因为比起读书，高人的一句话，给我们的影响和角度，往往会让我们感觉收获很大。

我在发言中说，读书这件事对于我来说，是工作，我必须了解畅销书和一些值得关注的书；是爱好，这些年来，一直喜欢买书、读书。在买书这一块我比别人，有着更为便利的条件。买回去的书，我一般是放在客厅里，有的粗读，有的细读，读过之后再收起来。

我还介绍了安徽图书城的员工读书会，谈了自己和员工一起读书、一起写读后感的收获和感受。卖书人应该也是读书人，这是我一直努力的方向。

关于藏书，我提到钱文忠，他有几套住房，当一套房子的图书满了之后，他会再买一套新房子搬过去。这让我很羡慕，因为我和有些人不一样，遇到自己喜欢的书，我是一定要买回家的，而每一本书，因为都是看过、翻过，有感情，不舍得轻易放弃。我格外关注皖籍作家的作品，关注这些身边的老师的最新成果。

作家李海燕也出席了本期沙龙，她的自我介绍很有意思：职业家庭主妇，业余写作者。李海燕说，她每天会把很多时间用来读书、写作和与文友交流。读书的时候，她会忘却生活中烦恼与嘈杂，感觉非常好。李海燕认为，我们每个人都是生活在社会里的，都不是孤独的一个人，哪怕你的内心很强大，也是需要和别人交流的，为此，她认为“读书汇”这种形式很好。

喜欢“读书汇”这种形式，喜欢大家围坐在一起聊天的这种感觉，参与者和读者的这样的话语，就是我们坚持做下去的动力。共同期待吧，下一期，我们接着聊。

（2014.10）

一个难忘的父亲节

——第二期“新安读书汇”侧记

今天（6月15日）的主题为“聊一聊和父亲的那些事”的“新安读书汇”，气氛出乎意料的好，不管是嘉宾还是读者，每一位参与者都融进了一种浓浓的氛围里。谈起自己的父亲，每个人都是充满了感情，仿佛有说不完的话。说到动情处，哽咽流泪，听众或泫然，或戚戚然，场面非常感人。我这次也是实实在在地做了一回听众，深深地沉入其中。

这一期的读书汇邀请了4位嘉宾，他们分别是著名作家、合肥市文联主席完颜海瑞，著名作家苗秀侠，著名戏剧家班友书的女儿、知名媒体人舒翎，老红军后代、作家李海燕等。

完颜海瑞老师一般很少参加此类活动，参加之前，甚至发言伊始，都还挺有顾虑。但是话匣一打开，完颜老师一下子就进入了状态。从5岁就失去父亲说起，一位英年早逝的文化人的形象渐渐地清晰和饱满起来。当完颜老师谈到其父亲的诗稿失而复得一节时，大家都情不自禁地鼓起掌声。

完颜老师为了保存父亲的诗稿，想方设法，担惊受怕，最终使之得以完整留了下来。完颜老师有一个愿望，那就是将他父亲的诗稿整理出版。通过不懈努力，《百年沧桑　父子诗集》终于得以面世。我相信每一位看到这两本诗集的读者，都会为之感动的。父子情深啊！感慨！感动！

应该说苗秀侠老师还没有完全从丧父之痛中走出来。她的父亲是一位乡村里的知识分子，清高，顾家，为了爱人和孩子，不惜一切去工作，去干活，爱人去世后又独自一人呵护着他的孩子们。老人的身体一直不错，因此，当老人突然地病倒，又很快地离开了人世，对做子女的打击太大了。

苗秀侠老师至今都感觉特别懊悔：因为各种各样的事情，父亲在的时候，没有给父亲更多的关心和照顾。如今，苗老师有一个心愿：为父亲写一本书——《相依为命的日子》。我想，许多的往事，许多的感激，许多的理解，许多的思念，都应该在这本书里得到记录和宣泄，我们期待着这部书。

在这一期读书汇的预告中，我这样写道："相比于母亲，父亲在我们的印象中，可能更多一些的是严厉与不苟言笑，同时，他又是家中的顶梁柱和主心骨。当岁月流逝，父母老去的时候，我们是否想到为父母，特别是为父亲做些什么？他们未实现的梦想，他们有缺憾的人生，他们曾经有的成就，我们是否应该帮他们一把，用一个个具体的行动，让他们的生活多一些充实和欣慰，让他们的人生多一些总结和纪念。"现在看来，完颜老师是这样做的，苗秀侠老师、舒翎老师也正准备这样做，而李海燕老师则以另外一种形式在做着。

我和舒翎老师是典型的父交子往，他的父亲班友书老先生和我的父亲都是从事戏剧创作与研究多年的老剧作家，惺惺相惜，彼此敬重，前些年还时常在一起叙谈聊天。舒翎从一个女儿的角度，讲述了班老先生跌宕起伏的一生。老先生今年虽然已经是耄耋高龄，但一直笔耕不辍，著作颇丰。舒翎为了此次活动特地带来了她父亲的自传手稿，厚厚的两大本手稿，实在是让人震撼。老先生早年从事黄梅戏的挖掘与整理，是《天仙配》的最早整理者，因为有在台湾教书等经历，多年遭受打压。但其经历与才华，注定其自传有着很大的价值。期待舒翎老师能够早日将它们整理出来。

李海燕老师说，她的家庭与前面 3 位老师不一样，她的父亲是延安瓦窑堡的放羊娃，后来跟着刘志丹参加了革命，是老红军。老人家南征北战，身体受到很大的伤害，60 多岁便去世了。说起父亲，李海燕抑制不住自己激动，说起父亲的戎马生涯，更是充满了激情和崇敬，引发出读者的阵阵掌声。

我相信现场所有人都会对李海燕老师说的一个故事记忆深刻。平型关战役的时候，李老师的父亲是机枪手，一次，为和日本鬼子争夺一个制高点，李老师的父亲端着机关枪拼命地跑，硬是抢在脚穿大皮鞋的日本鬼子的前头，用机关枪消灭了敌人。而他的副排长，则被鬼子用刺刀活活刺死。

家住四古巷的一位老先生带来了他的父亲写给他的 60 多封家书，深情地回忆起父亲对他的关怀和教诲；一位读者激动地表达了他对各位老师，特别是李海燕老师父亲的敬佩之情，对于此次活动给予充分地肯定。所有参与者，无论是坐着的还是站着的，都始终保持着一种沉静、关注与投入。

活动的最后，照例是要主办方发言的。马丽春老师显然有些激动，她认为此次活动办得很成功，很感人，几位嘉宾的发挥都很出色。轮到我的时候，我说："今天我有一些走神，因为今天几位老师和读者的发言打动了我，让我情不由自主地跟着后面走。在父亲节这样一个温馨的日子里，感恩我们的父亲，怀念已经远去的父亲，然后，按照他们的希望去生活，去做人，让他们安心，是我们这些做子女应该做的事情。今天这个活动出乎我们预料的成功，应该是因为，我们都有父亲，我们大多也都是父亲，再过一些年我们的儿子也会成为父亲，人生就是这样，循环往复，生生不息，不断地向上向善。我们感激我们的父亲母亲，我们努力做一个好父亲好母亲，同时把一些好的东西传给我们的孩子。人生的意义，莫过于此。"

的确是很难忘，这样一个父亲节，这样的一场活动。

（2014.06）

为石楠老师做一点事

——第三期“安徽图书城·新安读书汇”幕后的故事

第三期“新安读书汇”能够请来石楠老师做主讲嘉宾，是因为马丽春老师的“情报”，当她将石楠老师即将到合肥来做活动的消息透露给我的时候，我第一反应就是一定要请石楠老师到安徽图书城来做一场活动。其实几年之前我就邀请过石楠老师，石楠老师也很愿意，但因为她的身体不适合长时间坐汽车，一直没能实现。

由于此次石楠老师是和画家石兰一起从安庆过来，参加一家企业的活动，对方负责两位老师的出行费用，如果再安排一场活动，在宣传上有些不方便，所以能否确定还是一个问题。但我觉得机会难得，一定要争取。于是我一方面向马老师表达我的明确态度，另一方面着手做着相关的准备，组织人员，列出计划，逐一落实。

首先是石楠老师的作品，因为时间紧，从出版社进书已经不可能，只有在现有条件下积极准备，书城业务打破常规，特事特办，在最短时间内备了几种石楠老师的作品。其中中国青年出版社的《张玉良画传》即是石楠老师第一部作品的最新版本，印制优良，很有特色。落实好作品，我感觉放心多了：读者不会因为没有书请作家签名而遗憾了。

6 月 20 日，石楠老师做客“新安读书汇”的事终于敲定，活动预告也于 21 日当天见报，按照常规，应该是准备完毕了。下午，因故在家休息的我，午休后起床，在微博上发布着活动消息和石楠老师作品介绍和封面。当我在网络上寻找着石楠老师作品封面时，一个念头突然冒了出来：做两个大书模，作为活动的背景。

我为自己这个念头激动不已，因为我总是觉得石楠老师这期读书汇很难得，应该为她多做一点什么。书模是现成的，2 米多高的大书模，就在书城里摆着，关键就是画面，用哪两个画面，时间来得及吗？我下意识地看了看时间，快 6 点半了，过了下班时间，书店广告公司的同事肯定已经下班了，更何况还是周末。但我不死心，还是拨了广告公司的电话，希望有奇迹发生。

活动现场两边各有一个大书模

没曾想，奇迹还真的发生了，广告公司不但有人接电话，而且 3 个人都在，因为活没有做完，他们都还在加班。真是太好了！我立马说出了我的想法以及事情的紧迫性，电话那边二话不说："可以，赶快把图案发过来，现在就做。"激动啊！紧张啊！图案？图案在哪里？我手忙脚乱起来。很快，书目确定下来了：《画魂》和《一边奋斗一边爱》，一部是作家的长篇小说成名作，一部是作家长篇小说封笔之作，很有代表性也很有意义。但封面图案却落实不下来，网上可以找到的都找了，不行，像素太低，一放大立马就模糊了，急得我那个汗呀，哗哗地流了下来。

突然，我想起来书城里有《一边奋斗一边爱》这本书，请同事拍一下传过去应该没问题，而《画魂》的第一种版本我的藏书里有，只不过它放在我的新居里。我没得犹豫，决定立马过去用手机拍下来然后再传过去。我一方面很抱歉地请广告公司的同事再等一会儿，一方面起身，做好出门前的准备。

由于特殊的原因，我的行动是受到限制的，单独出门既怕热又有些风险，但这个时候真是什么也顾不上了，穿上鞋子就走，想着老婆孩子回来后不知道会吃多大的惊，心里竟然掠过一丝自得。

接下去一切都是极顺利的了，两张图片从不同的地方传过去后，都是OK，等我再回到家里，电脑上显示广告公司的QQ已经下线了。成了！我对自己说，明天的读书汇上，两个高大的书模一定会是一个亮点。当然我最为关心的是，石楠老师见了，会有怎样的反应？

（2014.10）

法医秦明引发的轰动

——第四期“安徽图书城·新安读书汇”花絮

行业特色：细致而缜密的筹备

应当承认，此次活动之前，对于秦明和他的作品，我基本上是没有什么印象的。所以，当书店女婿、公安才子关清和我谈及这件事的时候，我基本上是一脸茫然。但职业感还是让我很快就进入角色，在经过多次交流后，我们商定，利用“读书汇”的形式，宣传和推出秦明和他的作品。

在整个筹备过程中，关清和他的同事们的工作态度给我留下了很深的印象，认真、细致、敬业，并且极易沟通。这让我对于公安这一行有了更进一步认识和了解。

私下恶补：关注第十一根手指

在做活动之前比较深度地了解一下不太熟悉的嘉宾的作品，是我一直坚持的。如果不了解嘉宾和他的作品，你就没办法做到有效掌控、应对自如。由于对于秦明太过陌生，所以我感觉自己必须抓紧时间恶补一下。尽管把《尸语者》《无声的证词》和《第十一根手指》等 3 本书都带回家，但重点还是放在第 3 本上，因为本次活动的目的之一，就是宣传和推出《第十一根手指》。

因为是法医题材，所以内容相对要单一一些，尸体，各种各样的尸体，开始的确是有些不适应。但渐渐地，就能够读出一些案件之外的东西，感觉到冰冷背面的热度和单一之下的百味人生。

现场火爆：法医遇到了新挑战

因为秦明的作品卖得很好，在网上也是有着很大的影响力，所以我对活动的人气是不担心的。但我也的确没有料到粉丝们的热情竟然会高到从北京、南京赶过来这样的程度，真是很了不得！

粉丝一多，气氛自然很热烈，特别是公安厅的领导、“师傅”，文学名家许春樵也到现场站台捧场，弄得秦明既兴奋又紧张，估计这样的场面也是第一次遇到，一向沉着冷静的法医有些慌乱了，发挥起来自然就有些不够到位和自如。不过这反而为整场活动增添了一些喜剧色彩，原本担心的太过正式、刻板完全没有了。

公众关注：法医和他们的生活

一个很神秘的行业，一群很神秘的人，是公众对于法医的普遍印象。走近他们，我们会发现，他们也是普普通通的人，他们就生活在我们的身边，他们的职业关乎正义、公平和人的尊严，法医和他们家属的辛苦与烦恼，是我们这些局外人想象不到的。尽管秦明的作品的关注点不是这些，但我们可以从字里行间读到这些。他们很了不起。

另外，让我感觉很有收获的是，读秦明的作品，会了解不少的法医知识，而这些知识，往往会让我们在生活中避免一些错误的认知。从某种角度来说，秦明及其他的法医探案作品，都是有关法医学的科普书。因此，我想以后再读秦明等的书，会有更多的理由和动力了。

（2014.10）

诗人归来

——第五期“安徽图书城·新安读书汇”随想

似乎离开合肥很久了的梁小斌，因为几个月前的一场病，重新回到人们的视野里。如今，大病初愈的诗人回到了合肥，掀起一阵不小的热潮。

诗人归来，在书城的大厅里坐定。想着几个小时之前，另一位很有个性的诗人也曾经站在这儿，接受着大家的礼赞与祝福，一个念头出现在脑海里：今天，应该是安徽图书城的“诗人日”——尽管他们都仅仅是以诗人的名义出现。

和记忆中的梁小斌相比，眼前的诗人给人感觉是僵硬而虚弱的，让人不禁生发出许多的唏嘘和感慨。诗人的人生与命运，和他们的作品，常常有着很大的距离。

在诗人眼里，合肥是他的家乡，在家乡人的眼里，诗人是他们的骄傲。无论是文友还是读者，对于诗人表现出的是很真挚的感情，有些人抑制不住的那份激动，很感染人。

诗人很平静，但平静的似乎只是面部表情，从他的言谈中，从他真诚而有力的那一握里，可以感受到他内心的火热。

诗人有些木讷，言语不多，反应有些迟缓，但在他不多的话语里，在他新出版的《地洞笔记》里，可以感受到力度和分量。

坐在距离诗人很近的地方，我有些走神，耳边总是回响着那句很著名的“中国，我的钥匙丢了”。

那么，就重温一下诗人的诗篇吧。

这真是一个不错的主意——我对自己说。

中国，我的钥匙丢了

那是十多年前，
我沿着红色大街疯狂地奔跑，
我跑到了郊外的荒野上欢叫，
后来，
我的钥匙丢了。
心灵，苦难的心灵，
不愿再流浪了，
我想回家，
打开抽屉、翻一翻我儿童时代的画片，
还看一看那夹在书页里的
翠绿的三叶草。
而且，
我还想打开书橱，
取出一本《海涅歌谣》，
我要去约会，
我向她举起这本书，
作为我向蓝天发出的
爱情的信号。
这一切，
这美好的一切都无法办到，
中国，我的钥匙丢了。
天，又开始下雨，
我的钥匙啊，
你躺在哪里？
我想风雨腐蚀了你，

你已经锈迹斑斑了。
不，我不那样认为，
我要顽强地寻找，
希望能把你重新找到。
太阳啊，
你看见了我的钥匙了吗？
愿你的光芒，
为它热烈地照耀。
我在这广大的田野上行走，
我沿着心灵的足迹寻找，
那一切丢失了的，
我都在认真思考。

(2014.10)

梁小斌与作者合影

一个让人心动的理由

——第六期“安徽图书城·新安读书汇”感言

再见施小炜，是 2014 年 8 月 6 日，即将立秋的日子，一场瓢泼大雨，冲刷去多日的酷暑，应该是一件好事，但对于到书店参加“安徽图书城·新安读书汇”的读者来说，可就不是太妙了。好在大家多是提前到达，大雨飘落之时，大家已经从容落座，静静等待着活动的开始。

经常参加书城活动的朋友们可能都还记得，施小炜先生是安徽图书城与新安晚报联合举办的“周末七点档·新安读书沙龙”第一期的主讲嘉宾，时间是 4 年前的 8 月 28 日，那一期谈的是村上春树和他的《1Q84》，而这次，我们关注的则是“村上春树与诺贝尔文学奖”。

村上春树的作品在世界上的影响很大，但在诺贝尔文学奖方面似乎有些不走运，其实反过来看，大家都觉得他挺亏的，说明他已经具备获得诺奖的条件，施小炜相信村上春树迟早会获得诺奖，我也是这么认为的。

我在发言时，谈到村上春树的作品受到如此广泛的欢迎，应该是与他雅致的文字，同时又有些色有些暧昧有着很大的关系，因为这比较符合中国人的阅读特点。

外面的大雨一直在下着，似乎没有减弱的意思，而书城内的一群人则在聚精会神地聊着听着，一派融和投入的景象，引得不少读者驻足聆听。

很有些感慨，4 年间，44 期有关读书的聚会。一次又一次，许多的爱好文学艺术的人们在这里聚会，在 1 个小时左右的时间里，围绕着一个乃至多个话题，沟通交流，真是一件很美好的事情。

从“周末七点档·新安读书沙龙”“周末七点档·周末读书会”到“周末七点档·‘最合肥’读书沙龙”，再到今天的“安徽图书城·新安读书汇”，它的名称变了又变，但它的宗旨却一直没有变：阅读与分享。

《以书的名义聚会》是我今年将推出的一套新书，一共有 4 本，其中有 1 本是专门记录安徽图书城这 44 期有关读书的聚会，相信朋友们都能够在其中找到属于自己的那一份美好的记忆。

一直以来，我有一个信念，书城不应该仅仅是一个卖书买书的地方，它应该还有更多的作为和作用。全市乃至全省文化人聚集的场所，读书人的精神圣地和心灵家园，都应该是每一位书城员工的共同心愿和目标。

4 年来，朋友们给予我们很多的鼓励和支持，这让我们很感动，同时也让我们感觉到身上的压力。我深知，我们做得远远不够，但我们一直在用心、在努力，因为我们明白，有许多人在期待着，有许多人在默默地支持着我们。因此，我们一直坚持着，微笑地做好每一期的活动。

我时时告诫自己，我们一定要坚持下去，我们完全可以做得更好，因为无论是在何时何地，“以书的名义聚会”永远会是一个让人心动的理由。

（2014.10）

关注本土的文化与人物

——“最合肥”读书沙龙综述

时间的确过得很快，转眼间，安徽图书城的“周末七点档”读书沙龙已经办了 4 年。2012 年 11 月以后，由于合作方的变化，它的名称也有了改变：周末七点档·“最合肥”读书沙龙。形式没有变，流程没有变，甚至连背景也没有变，在读者的眼中，依然是一个书香浓郁的开放式沙龙。当然，细心的读者会发现，它更关注本土了——本土的文化，本土的人物。

回首一年多来举办的十二期沙龙，我们可以发现，其主角无一例外都是生活在合肥的文化人，或者是从安徽走出去的文化名人。

沙龙的前三期的主讲嘉宾分别是孙禹、安意如和胡阿祥，他们的参与，无疑为沙龙增添了光彩与人气。

曾经多次参加过沙龙活动的孙禹是一个话痨子，话匣子打开以后哗啦哗啦说个不停，现场的效果极好。此次他回合肥主要是为了他的散文集《大家闺秀》，说起母亲，这位高大粗犷的美声演唱家瞬间变得深情款款，让人唏嘘不已。

安意如出道早，名气很大，她的《人生若只如初见》可以说是一本开先河的作品，印数之多，影响之大，令许多人望其项背。安意如最新作品是《再见故宫》，以其纤细之笔描绘恢宏之故宫，应该是为难了她。安意如是先天性的严重残疾，但她坚持用双拐走路，其艰难步态，让人们内心很复杂，钦佩、怜悯兼而有之。不过，坐定后的安意如呈现给众人的，却是一个眉目含情的美女形象，着实让人感叹不已。最让我感到意外的是，沙龙上的安意如，居然会在温婉雅致的同时，忽然愤青起来。想来也不奇怪，毕竟还是年轻人。

胡阿祥博士是我和太太的朋友，一直从事历史地理的研究，听说他去央视“百家讲坛”讲年号后，我就在寻思什么时候请他回来给大家现场讲一场。很快，机会来了，因为中华书局将他整理过的讲稿出版了，书名很大：《正名中国》。2013 年 3 月中旬，我给胡阿祥打电话，提到签售和做沙龙的事情，他一口答应了，我放下电话马上赶写沙龙预告，然后紧锣密鼓地安排他在合肥的行程。可以说，此次胡博士合肥之行是最为顺利和成功的，一天之内，两场活动，做得张弛有度，井然有序。

胡博士的声音不大，但口才很好，说起话来，不紧不慢的，很能抓住人。从年号到城市名道路名企业名直至一个人的名字，把一群人说得一愣一愣的，兴趣盎然，沙龙结束了，依然紧随其后，讨教咨询。

潘小平、许春樵、裴章传、侯露、翁飞可以说是本埠的重量级的作家学者了，他们作为嘉宾的沙龙自然是一番不同寻常的景象。

潘小平老师的《前朝旧事——晚清风云人物》是一本很有分量的书，2013 年 8 月 25 日上午举行了这本书的首发式和签售会后，晚上潘老师又精神抖擞地返回图书城，谈历史谈人物，激情洋溢。许春樵、苏北等嘉宾的加入，更是让沙龙充满了浓郁的人文气息。

作为客串主持人，我对于潘老师新书中所叙述的一些名人轶事充满了兴趣。李鸿章是如何巧妙地把礼送了出去，曾国藩为什么要一头扎进水里去？鲁迅的祖父因何获罪？又因为什么原因被判“斩监侯”？而且七年里每年“秋决”的时候，周家遭受的是怎样的一种煎熬？这件事对于鲁迅有着怎样的影响？还有，潘老师为什么会认为曾写过“我劝天公重抖擞，不拘一格降人才”的龚自珍“性好冶游，放荡不羁”，并说“风流莫过龚定庵”？龚自珍的儿子是怎样一个荒唐的人？

对于我一连串的问题，潘老师不厌其烦地一一作答，快人快语，妙语连珠，让一干听众大呼过瘾。

裴章传去年出版的长篇小说《暗枪》，是一部典型的合肥人写合肥人的作品。作者是合肥土著，另一位合肥人则是《暗枪》的主人翁王亚樵，不用翻书，就知道一定是料够足、味够浓的一部本土佳作。裴章传曾经写过毁誉参半的李鸿章，厚厚的两大本，如今写王亚樵，又是一位充满争议与传奇的人物，我们有些好奇：裴章传老师下一个该写谁了？

今年是甲午战争 120 周年，在这样一个特别的年份，能够讲着正宗的合肥话的侯露老师创作了大型庐剧《丁汝昌》。6 月 21 日下午 5 点，最新一期的“周末七点档·‘最合肥’读书沙龙”请来了侯露老师、翁飞老师，两位老师从各自的角度讲述了 120 年前的那场海战，海战中的各位壮士英雄，他们的豪气冲天与他们的无奈困顿，当然，话题的最后，一定是归结到丁汝昌这位悲剧英雄。两位老师激情澎湃的话语引发众多读者一阵阵热烈的掌声。我觉得，这样的气氛，这样的场景，对于我们这些组织者来说，无疑是最大的鼓舞与嘉奖。

走出去又走回来的还有赵美萍和林特特。其中赵美萍走得很远，当她从万里之遥的美国回来的时候，她的成名作《我的苦难我的大学》的增订本《谁的奋斗不带伤》由安徽文艺出版社出版了。看上去挺瘦弱的赵美萍也是上午参加首发式加签售会，晚上参加读书沙龙。这样一期沙龙自然是人气极旺的，这对于我这么一位业余的主持人来说无疑是极大的挑战。也幸亏之前忙里偷闲地做了一些功课，能够与赵美萍就一些关键的事件与情节做一些有效的互动。当我与赵美萍一起向读者讲述她患病的父亲回家的那一个瞬间的时候，赵美萍显然是很激动的，她的眼睛湿润了。那一刻，现场的每一位嘉宾和读者都感受到了一种爱和一种痛。

相比赵美萍，合肥人林特特走得就不算远。这次她从北京回来，过五一节的同时，参加我们的读书沙龙活动。闺蜜闫红一直陪伴始终，让林特特更加自信从容，善写的她同样也是一位特能说的主，估计与她曾经做过教师也有不小的关系。

林特特我是第一次见到，但她的文字却是读了不少。不过最让我印象深刻的还是她作品的名字，《以自己喜欢的方式过一生》《爱人与仇人都会老去》，典型的“标题党”。当然，仅仅是标题党还是不行的，这一点，身为出版社编辑的林特特比我们懂得多。据说她正在编辑一套有关甲午战争的专著，我们期待着她能够带着她编辑的新书再回合肥。

保健专家戴光强，少儿作家李秀英、许诺晨美女的主题沙龙因为关乎人们的健康与孩子们的早期教育和课外教育，自然也是引发了许多人的围观。

关注本土文化的人，自然是不会放弃任何一次很好的机会，于是今年的 4・23 世界读书日专题沙龙的主题就被定为“合肥本土地域文化”。鲍雷讲几位被外人以“合肥”冠名的合肥名人：“龚合肥”龚鼎孳，“李合肥”李鸿章，“段合肥”段祺瑞。萧寒则从合肥地名的历史与内涵，谈到地名的宣传与保护。他认为，对于更改地名这件事，则千万要慎之又慎。我自然还是讲合肥方言，新的反响和新的感受。做过好几期沙龙客串主持的我这一回又当了一回嘉宾，不但别人不习惯，自己也总觉得有些别扭。不过，主持人的位置让给一位年轻的美女主持，多少让大家有些新鲜的感觉。

说到主持人，还真的有几位专业人士客串过几回呢。来自著名电视栏目“帮女郎”的著名知识型美女主播吴婷，来自安徽音乐广播电台的陈锐，都来到咱们安徽图书城当了一回“业余”沙龙主持。

当然，让我感到特有面子的，是安徽电视台的著名播音员袁媛的加入。作为正宗合肥人的她，为同样是正宗合肥人的我和大名鼎鼎的“白丁”（王光汉教授）做沙龙主持，自然是得味得不得了。

那一天是 2013 年的 8 月 31 日，袁媛“小大姐”上午才为我和吕士民老师主持过新书《享受合肥方言》的首发式和签售会，又不辞辛劳地主持有关合肥方言的读书沙龙，真是让我感觉有些“承情不了的”。没办法，老乡就是老乡，为合肥方言，为本土文化，没话讲的，干起事来一身是劲。在这一点上，王教授、袁媛和我，都是一样的。

附：“周末七点档·‘最合肥’读书沙龙”简介

第一期：2012.11.12，　嘉宾：孙禹
第二期：2012.12.9，　嘉宾：安意如
第三期：2013.3.24，　嘉宾：胡阿祥
第四期：2013.6.1，　嘉宾：许诺晨、李秀英
第五期：2013.8.4，　嘉宾：裴章传、乔延凤、高金
第六期：2013.8.25，　嘉宾：潘小平、许春樵、苏北
第七期：2013.8.31，　嘉宾：王光汉、刘政屏、吕士民
第八期：2013.10.13，　嘉宾：赵美萍、许春樵、朱寒冬
第九期：2014.3.8，　嘉宾：戴光强
第十期：2014.4.23，　嘉宾：鲍雷、萧寒、刘政屏
第十一期：2014.5.3，　嘉宾：林特特、闫红
第十二期：2014.6.21，　嘉宾：侯露、翁飞、段婷婷

（2014.10）

书店的事

一个人和一个书店

一个人，一个有些腼腆、有些浪漫、有些主见、有些固执的年轻人。

一个书店，一个崭新的、大型而专业的、人们期待很久又终于迎来的书店。

仿佛是为彼此期待而准备似的，二十年前，这个人与这个书店的轨迹有了一个明亮的交汇点。

这个人就是我，这个书店就是合肥科教书店。1985 年 9 月 26 日，她隆重开业的那一天，是我的农历生日，那一天的巧合开始了我与这个书店二十多年的缘分。

想起来时间的确过得很快，二十年前，我还是个一天要逛两次书店、爱书如命的小伙子，就是因着这份对书的痴迷，我跨进了书店的大门，开始了与书相伴的日子。如今回首，记起二十年来的点点滴滴，的确有一种沧桑的感觉。

最富激情与幻想的年岁，最具朝气与活力的年岁，我人生中最生动多彩的岁月全部留在了那座如今看起来不算高也不算大的书店里。生命中最重要的词汇中自然也少不了“科教书店”这四个字。

清楚地记得，当我走近建设中的科教书店大楼时，是那么的激动与憧憬。

清楚地记得，在用书架和图书将她充实与丰富起来的时候，我们付出了多少体力与汗水。

我曾不止一次地对别人、对书店的后来者说，当年我们是如何弓着腰，一趟又一趟地将两包、三包甚至四包的图书背上楼去。

我更时常说起书店开业的那一天，读者是怎样跨进书店的大门的。走了进来？不对。涌了进来？不准确。难道是冲了进来？对，就是冲！蜂拥而至、健步如飞，大门打开的一刹那，激动的人们冲了进来。

全新的环境，文雅的布局，丰富的品种，这座省城第一家大型而专业的科技教育书店令渴求科学与知识的市民们热情高涨，从而创造出一个又一个不俗的销售业绩。

很长一段时间，科教书店是很风光的，在那个处于上升期的商业圈中，她超凡脱俗，毫不逊色，许多的称赞与荣誉喝彩着她的辉煌。

又是很长的一段时间，她支撑着一个日渐式微的三孝口，场面与人气令许多人感到意外。

好的领路人，好的员工素质，好的工作态度，好的人际氛围与好的业余时光，读者看到的是整体面貌与状态，业内人更明白其背面的原因与动力。

在那儿学习，在那儿工作，在那儿恋爱然后结婚生子，愉快与幸福是科教书店生活的主旋律。当然，有过倦怠、失意与彷徨，但更有过思考、觉悟与进取，人生许多重要的举动都是在那儿完成。

最让我不能忘怀的是 5 年前儿子突患严重疾病时，那儿的人们所伸出的一双双让我感到温暖与力量的手。走过来之后，我愈发真切地感受到他们是那样的伟大而可贵。

算起来离开科教书店快一年半了，尽管近在咫尺，尽管还在一个大集体里，但感觉还是有那么一丝的失落，在内心深处，“科教书店”是一根敏感的琴弦。

很想讲一些让我难忘的事，比如那些可亲可敬的师长，比如那些谦和儒雅的读者。很想讲一些让我感动的情，比如同事之间，比如员工与读者之间。但我觉得自己得谨慎，因为记忆的闸门一旦打开，恣意纵横的情感会让我的叙述变得零乱而无序。不如让那些东西在内心沉淀、发酵、升华，从而成为一种美与力量，以一种平缓而自然的方式表达出来。

二十年了，想起来的确很快，但一步步地走过，还是很不容易的。如今的科教书店，在沉寂了好一段时间之后，正酝酿着振兴与发展。深思熟虑过后，迎来的应该是切实的行动与光明的未来。对于这一点，我坚信并期待。因为一个人和一个书店的故事与感情还在继续，并且永远不会结束。

（2005.09）

一个书店与我

我原本是准备把这篇文字的名字叫作“我与一个书店”的，想一想觉得既不够合理也不够理性，事实上，就连是否要写这么一篇文字，我都在犹豫，因为关于这个书店的文字已经有不少篇了，在我自己，最近就有二三篇。但是不久前开始的，一下又一下的大锤、一天又一天残破的外观，让我觉得还是要写一写的，一个书店与我到底有着怎样的关系，我与一个书店到底有着怎样的情结。

我是一个一直有着改变的人，之所以这样认为，是因为我感觉打小活到今天这样的岁数，发生在我身上的改变的确是很不少，并且一直在以我自己能够感受到的速度继续着，比如年幼的我，是足够软弱足够胆怯的，一个人轻易不敢出门，不敢像邻居的那些孩子们那样满世界地去疯，但我敢一个人从三孝口走到四牌楼，到新华书店外面去看一看的。我曾经在一篇文字里写道，那时候，在大多数人心目中，四牌楼书店就是新华书店，新华书店就是四牌楼书店，两个概念是重叠的。

一个人在充满激情的时候，往往会有些缺乏理智，会将一些东西发酵放大，但此刻的我，已经过了这个书店谢幕时的百感交集、心绪难平。我认真地想了又想，年幼的我，喜欢到新华书店去是事实，但我很少会进入到它的内部，我会在它那大门两侧的几个高大宽阔的大橱窗前长时间地流连，很仔细地看着每个橱窗里的背景画面和图书，我喜欢看里面花花绿绿的装饰，忘不了一些让我好奇不已的小制作。比如，它也曾经不止一次用过天安门的图案，但是它的天安门的城楼上，却有一个可以走来走去的伟大领袖，这让幼小的我好一阵惊奇。记得有一天晚上去新华书店，楼前空地上正在火热上演着活报剧，书店的大橱窗灯火通明，伟大领袖高举着右手在里面走来走去，那个激动啊，仿佛见到真的了。

其实在那个年代，书店里的书也是有限的，但毕竟是卖书的地方，不认识字的人，不愿意读书的人是不敢轻易跨进它的大门的。我虽然年纪小，但愿意读书，喜欢捧一本书的感觉。于是，胆子壮的时候，人多的时候，会溜进去四处转转的，感觉那是一种满足和享受，当然那时候估计还不知道什么叫“满足和享受”，只觉得心跳加快。

现在想想，可能就是“缘分”这东西在起着作用，几辈子读书成为一种本能和习惯了，忽然之间，文化被“革命”了，家里的书一下子没了，不能朝夕相伴了，心里空落落的。这时候居然还能够找到一个有很多书的地方，自然就会心向往之、情所钟之。

只是转转看看是因为年纪小，更是因为手里一分钱也没有，那个年代一分钱可以买一本薄薄的书或者一本小人书。在国家有了一个巨大的改变的时候，我也到了个子有些高、胆子有些大、口袋里有些钱的年纪。那时还在读高中，上体育课或者自习的时候，我和同学们会走上一段路，到新华书店去看书、买书。同学之间相处的快乐、与书亲密接触的快乐，让日子愈发的明亮。

80 年代初期的那几年，是我与书、与四牌楼书店最亲密的时期。每天，不去的时候心里惦记着，去了之后陶醉着。我像幼时流连于那几个高大宽阔的大橱窗一样流连于一排排书架前（那时候已经开架售书了），翻看挑选着自己喜欢的图书，心中的那份感觉真是没办法形容的。对于书的痴迷，对于那样一种氛围的痴迷，让我最终选择了将自己的人生与图书、与新华书店联系在了一起，那时候已经是 80 年代的中期。

如果说冲动的话，的确是有些冲动。因为那时有着许多的选择，有些可以说是唾手可得，现在看来也是不错的，但年轻的我选择了自己所痴迷的，并且一直痴心不改。不顺心的时候，或有着其他诱惑的时候，感觉自己的选择不能说不是一种任性。当然，也可以用一个好听一些的词：执着。

我在新华书店的第一个岗位是四牌楼书店；不到一年后，我便离开那儿，在我幼时逛书店的出发点，三孝口的一个崭新的书店一待就是近 20 年，一段不远的距离让我始终对它保持着一份牵挂与美感。

其实，80 年代的时候，感觉四牌楼书店已经有些老旧了，但它似乎也就是从那个时候开始，一直在改变着。它的经营管理者们花费了不少的心思，力求使它保持着一种风度与高度，特别是本世纪初的那次，让它出落得清雅动人，让人眼前一亮，让人更加地依依不舍。

有时候我觉得上苍似乎对我尤为眷顾，它不但让四牌楼书店成为我职业的起点，也使它成为我人生的一处改变与跨越的地方。我重新回到四牌楼书店，是在它最近一次的华丽转身，算来也有近八年的时光了。在那样一个时期，在我正从人生的低谷艰难而坚定地往上走的时候。再一次的出发肯定不是简单的重复，沉静而自信的人生已经让许多阻隔成为徒劳，甚至成为一种超越和突破的反推力。

关于四牌楼书店拆除重建的事已经想了许多年也议了许多年，但决策者迟迟下不了决心。的确，一件关乎许多人感觉和感情的事，是没有理由不谨慎慎重的。不过，最终还是下了决心，让一座大厦取代它。爱书的人们、喜欢逛书店的人们的心一下子变得不平静起来，因为在这样一个有着 50 多年历史的书店，注定是与他们有着千丝万缕的联系。人的感情上的事就是这样，平日里或许是波澜不惊、没事一般，可一旦触及，便会引发不小的动静和很久难以平复的涟漪。

1 月底的一天晚上，一群年龄悬殊、身份各异的人聚在一起，谈着各自对四牌楼书店的记忆和感情。激情澎湃的有之，恋恋不舍的有之，还有那不能够理解有些愤愤不平的，还有那情不自禁老泪纵横的，无不流露出一份源自内心的真情。

对于一座城市来说，一个书店所处的地位和所处的作用，是其他任何一个商家所不能比拟的。一种知识的传承与传递，一处精神意义上的氧吧与栖息地，一个可以让心静下来让大脑开动起来的加油站。满足的表情，会意的微笑，来来去去，身姿轻盈，穿行在四溢的书香之中。如果你是一名在意这样感觉的书店从业者，你会觉得自己是值得的，因为能够感受到别人的快乐与满足，就是一种幸福啊。

一个书店与我，在一段算起来很不短的时间里，不断复制着这样的感觉和幸福。

2 月份的最后一天，四牌楼那开启了 50 多年的大门缓缓地合上了，一个经营了半个多世纪的老字号画上了一个重重的逗号。许多的遗憾，许多的不舍，在那一刻，全部转化为想象与期待。

记得在这之前的一天，书店邀请了各个时期在四牌楼书店工作的前辈们举行座谈，请他们谈一谈他们和他们的四牌楼书店，谈一谈他们心目中未来的四牌楼书店是怎样的一个模样。巧合的是，座谈会结束后，一行人陆续离开的时候，我正好在马路的对面。阴沉的天气，傍晚的时分，远远地望去，缓慢甚至蹒跚的步伐，花白或者全白的头发以及那多多少少有些前倾的脊背，和我渐渐地拉开、渐渐地远去，让人蓦然间感受到一种象征的意味，像一段历史，更像一首诗，绵延、悠长。

忽然想起，自己应该也会老的，像前辈们那样，八十、九十甚至更老吧。那个时候，一定是退休了许多年了，但新的四牌楼书店不会太老太旧的，里面的员工一定都是很年轻的，他们不会知道，我这个流连于一排排书架之间、目光中似乎蕴含许多东西的老者，曾经在这儿工作了很多年；同时，把自己的一份真挚的感情留在这儿。这儿，是他某种意义上的另外一个家。

（2011.05）

在春天的丝雨中谢幕（外一篇）

今天，2011 年 2 月 28 日，晚上 7 点，一座有着 53 年历史的书店——合肥市四牌楼新华书店的大门缓缓关闭，门外，一群依依不舍的人们、漫天悄然飘落的雨丝。

身在安徽图书城的我，是在今天下午才得到确切消息：四牌楼书店按原计划于明天（3 月 1 日）正式停业。尽管是早已明了不过、早有心理准备的事情，可一想到明天，她的大门将不再开启，她的店堂将会在一片忙乱中失去宁静从容，心里便像被人揪了一把，相关的内部通知、信息的不断传递过来，更让我有一种坐卧不宁的感觉，直觉告诉我：我应该过去，在那个再熟悉不过的大楼里，走走转转，和她交流，与她话别。

是个阴沉潮湿的天气，下午 4 点多钟的时候，我独自走在有些沉闷的街道上，心里涌动的一些很是奇怪的东西，它们让我感受到一丝淡淡的忧伤。走进四牌楼书店的大门，并没有想象中的那种惜别的场面与氛围，看上去一切如常，可能由于天气的原因，人并不是太多，大厅显得有些阴暗，让人感觉有些压抑。

估计也是心理的原因，觉得有一股浓厚的气氛围绕着我，阻碍我的思维与行动，甚至影响着我的呼吸。我想，那应该是不舍的情怀，是依依的彼此放手。

漫步在一排排的书架之间，回忆回味着她的过去、自己的过去，思想着那水一般逝去的岁月以及那些带走的、留下的，有些感慨，有些恍惚。

有同事提出要照几张照片留作纪念，于是我们就在店堂里，以书架和大屏幕为背景，因为不同的身份与经历，变换着不同的组合，拍了一张又一张。又有人提出，应该到店外，以书店大楼为背景，更有意义，于是撩开厚厚的门帘，走出大门。

刚刚站定，便感觉到一阵如凉风一般雨丝拂面而来。

是那种极细极柔的雨丝，在黄昏的时刻制造着更为忧郁、沉闷的氛围。我心里又是一动，或许是天意，或许是民意，这样一座承载着这座城市以及城市中人们太多记忆的书店，应该不会在一种太过平常的天气与氛围里谢幕的。

的确，一座滋养了一代又一代人的知识殿堂，一个让人流连让人陶醉的精神家园，关于她的一切，都必定会引发或大或小的反响。今天上午，就有一位刚刚从北京回来的女作家给我打电话，说她听说四牌楼书店今天是最后一天营业，她要去那儿转一转，买几本书。当时我还用有些安慰的语调对她说，还没有最后确定明天就关门歇业，同时动员她参加有关四牌楼书店的征文。现在想来，幸亏她的坚持，不然的话，没准会很后悔的。

是的，转一转，买几本书，留一张最后一天的购书发票，作为一个纪念。因为这，为同事、为自己寻觅一本合适的书，成为我在四牌楼书店的最后一项活动内容。因为时间的关系，同时也因为这本书必须有些不同寻常，问题一下子变得有些复杂、困难，让人一时间思维短路、感到难以下手。好在凭着多年的经验，凭着一名老书店人的直觉，问题在很短的时间得以解决，那本肩负着许多“使命”、承载着多种“内涵”的图书被找了出来，它的名字叫《长别离》，作者玛格丽特·杜拉斯。

精装，雪青色的封面，简洁而大气的设计，透着一股浪漫与小资，很符合那一刻的气氛和心情。据说人们在一些特别的时刻都会产生一些丰富的联想和附会，比如今天，比如这本书：特制的售书章，号码竟然是013，是啊，“要散开了”；不厚的图书价格，居然是19元，看来，因为期待中的崭新的书店大厦，洋溢在四牌楼的书香，一定要，也一定会是“长长久久”的；只不过，对于我们，对于这座“老”书店来说，从此以后，的的确确是要“长别离”了。

无语，伤感。

很长时间里，感觉自己的内心已经被岁月的风霜磨砺得粗糙而刚强，一些普通的和看似不一般的感动已经不能够轻易感染和打动它。没料想，在今天，在四牌楼的书店里，它竟然会涌动起温暖的柔情和细致的涟漪，想来，或许是太久的记忆，或许是深刻到内心的感情，让我找回过去、唤醒真我。

或者，还有那独特的气场，那浓郁的书香；或者，就是因为这飘落在初春里的雨丝，这看似平静内敛的谢幕。

（2011.02）

附：

几个让人难忘的细节

在四牌楼新华书店最后一天营业的那天（2月28日）下午，有几个细节，很让人感动、难忘，记录下来，做个纪念。

第一个细节，是一个经过我在两天里不断求证并终于认定的细节，现在可以很仔细地对外发布了。

照说我是不应该如此地怀疑、不确定的，因为它是来自极富信誉的潘林松主任的口中，作为同事与文友，我对于潘林松可以说是比较了解的，严谨、认真、追求完美，但这个细节实在是太像是小说电影里的情节了，让人不能不产生怀疑。

这个细节是这样的：2月28日晚上7点，四牌楼新华书店结束了一天的营业，当打烊的铃声最后一次在那充满浓郁书香的营业大厅里响起的时候，最后一名读者来到一楼的收款台，他手里拿的，是一本员工们再熟悉不过的书，它的名字叫《阅读合肥》。

付完款以后，那位读者提出，请书店的员工在书上签名留念，员工们说，你让潘主任给你签吧，他正好是这本书的作者之一，书的封面上就有他的名字呢。我猜想当时的潘林松也一定是心绪不平、充满着不舍，否则一向低调的他不会立刻答应读者的要求，接过读者的书。

似乎是不假思索，又似乎是想了很久，潘林松在图书的扉页上写下“永恒的时刻——潘林松于2011年2月28日晚19点”。

我想那位读者所拥有的真是一本很有意义的书，因为它诞生的整个过程，没有设计、造作，那么真切，那么自然，一气呵成。

用相机记录，用心灵记录，为员工拍照，大家一起合影，直至送走最后一批读者，潘林松做得一丝不苟。走出四牌楼书店的大门后，他马上拨通我的手机，当他问了两遍：“你猜那本书的名字叫什么?”后，我立刻说出了“阅读合肥”四个字，因为我感觉，唯有这本书，他才会有这样的语气，唯有这本书，他才会这么问我。如同当初为了这本书我们曾经一同努力、一同辛苦过一般，他是要与我一同分享，分享经过我们的手诞生的一本书，在那样一个特定的时刻，扮演着那样一个独特的角色。

紧接着，潘林松又说了另一个细节，依然是四牌楼书店晚上关门之前，一位读者急匆匆地赶到，把手中的一捧鲜花，送到书店工作人员的手中。

又是一个太像是小说电影里的情节一般的细节，又是一个让我心生疑窦的细节，以至于当时我就在手机里对潘林松说：“是你设计的吧？或者是你臆想或者编造的吧？或者，那两个读者都是你?”反正，就是不相信。

我当时确实是怀疑，我主要怀疑的是，对四牌楼书店有着深厚感情的潘林松，为了表达自己的感情，为了让这座有着50多年历史的“老字号”有一个比较符合“身份”的结尾，而特意设计了这么一个结尾，有些煽情，有些唯美。

但事实证明，这一切都是真的，我问了当时在场的员工，我看到了那一捧被精心保养的花束，甚至还看到了那位献花读者留下的字条，现在，它就在我的案头上：

四牌楼新华书店：

刚刚看到书店前的通知，我预先也没有什么准备，我不知道送什么才合适，我想还是送束花比较好。

两年多来，新华书店让我学到了很多宝贵的知识，过往的每一点、每一滴往事都浮现在我眼前，手拿水笔，千言万语，却不知怎么下笔，只能说声谢谢了。（后面是特别要感谢的包括营业员、收款员、保安在内的一串书店员工的名字，有些只知道姓什么的，就称呼“师傅”或“大哥”）

信的结尾是一句很流行的话，和一个很亲切、个性的署名：

致以谢谢的n次方（n＞10000）

（此处省略十万字）

你们常说的“小帅哥读者”敬送

我觉得，我真是不必要再说什么了，我也不想继续讲述那一天发生的更多的细节与故事了（尽管它们一样让人感动、难忘），的确是一切都不需要设计，一切都不需要担心，该有的一定会有，该得到的，一定会得到。

足矣。

（2011.03）

掌柜子说书城

2013 年的 3 月，对于安徽图书城来说，是一个新的开始，关于卖场的许多全新的计划与设想从这个时候开始实施，而最新落地的便是三楼少儿区域的调整。让有着很高坪效的数码助学产品专柜连成一片，形成气候，把销售领头羊的少儿文学专区移至比较开阔敞亮的地方，突出了重点、方便了读者，对能够提高孩子们动手能力的拼插玩具、市场逐步回温的连环画也给予充分关注。

一座业绩不俗的老书城

说安徽图书城“老”，是有点歧义的，因为它不过 13 年的历史(开业于 2000 年 5 月)，但如果把这个“老”理解为面积上的不够

安徽图书城一楼大厅

大，业务流程上不够顺畅，配套设施上的不够齐全，那么它的确是有些“老”。

安徽图书城营业大厅共有三层，分为四大区域，一楼经营社科、文学、经管类图书；二楼经营科技、艺术类图书和文房四宝；三楼经营音像制品、文体用品、少儿读物、数码助学产品；三楼南厅经营工具书、教辅用书和外语、素质教育、高等教育类图书。这么多的书品林林总总跻身于只有近 4000 平方米的建筑面积里，其局促之处可想而知。

没有新书分拣加工的地方，没有用于周转的仓库，甚至没有一个通畅的进货通道，有的只有一些挖空心思挤出来的边边角角，不周不正，不成气候。

但就是在这样一个地方，却创造了连续两年两位数增长的好成绩，坪效、周转率都处在一个良好的状态，有些逆风飞扬的意味。这其中有市场调整变化、城市急剧扩张的因素，更有书城全体员工的智慧和汗水。

其实还应该有泪水在里面，这一点，图书城二楼科技大厅的员工们的记忆是深刻的。由于种种原因，2010 年年终盘存的时候，他们领到的是十多万的盘亏大单，徘徊于整个大厅的那股互相推诿、人浮于事的暗流里又增添了悲观与相互抱怨。针对这种状态，大楼管理层一方面坚持原则，该赔的一定得赔，一方面调整人员结构，将任务细化到各个小组，通过算账，让每一位员工明白销售和盘亏与自己收入的关系，业务上苦练内功，管理上严格把关。一年下来，销售位居大楼前列，盘亏较上一年整整减少了十万！与此同时，其他楼层也取得了很好的销售业绩，年终结算的时候，大伙儿惊喜地发现，他们的收入创造了历史新高。

有了一个良好的基础，2012 年可以说是比较顺利的，全面推行的小组核算制与人员使用上的激励机制，使得书城的工作平稳有序，员工们的热情高了，责任心强了，不但保持了较高的增长态势，还使盘亏率达到千分之三之下的历史新低。

虽然看上去似乎有些“老”了，但安徽图书城却焕发出了令人欣喜的勃勃生机。

一群踏实能干的卖书人

在安徽图书城，四大板块图书和音像制品，最少的板块年销售额约 900 万元，最多的，则达到 1600 万元。平时每天的几百件，旺季时的上千件到货量，下货，拆分，加工，员工的劳动量可想而知。辛苦之余，员工们明白，这仅仅还只是开始，如何将合适的书卖给合适的读者，要做的工作还有很多。

在图书陈列方面，尽可能地腾出地方，加大平铺的比重，一楼大厅更是除了中心展台，常年举办一些重点图书展销，还有高低错落的几个展区，对重点图书给予充分展示。

设立各种主题专架，也是安徽图书城的一个特色。从“茅盾文学奖获奖作品专架”开始，“鲁迅先生作品专架”“韩寒作品专架”“郭敬明团队作品专架”“百家讲坛作品专架”“开卷上榜图书专架”等均受到读者不同程度的欢迎和好评，他们认为，专架这种形式，既方便了他们选购，也能引发他们的购买欲望，一些机关单位的图书馆（室）更是觉得这对于他们丰富馆藏图书品种非常有效。这对于书城人拓展思路、做精做细市场有了很大的鼓舞，只要你用心做事，读者就会真心给你回报。

在安徽图书城，还有一批专架因为做得非常及时，很有些抢眼，比如“最是那一低头的温柔——徐志摩逝世 80 周年纪念书展专架”、2010 年 10 月 6 日乔布斯逝世当天设立的“乔布斯纪念图书专架”，2012 年 9 月 30 日南怀瑾先生逝世次日设立的“南怀瑾先生纪念书展”专架，因为是第一时间设立，受到社会各界的广泛关注，一些媒体还对此做了专题报道。值得一提的是，2012 年 10 月 8 日，在

安徽图书城内景

还没有确定的情况下，安徽图书城就在一楼的显著位置设立了“莫言作品专架”，同时与上游采购公司合作，从相关出版社大批量进货。10 月 12 日一大早，当激动的读者前来抢购莫言作品的时候，他们惊喜地发现：他们没有扑空，莫言的作品正一批接着一批有序地上柜。

书城的管理层深知，一支高素质的员工队伍是做好书城工作的关键，一句内行的话，一句恰如其分的评价，往往会促成一本书乃至一批书的销售。为此他们力求在书城内部营造出一种学习的氛围，2011 年 6 月，又在员工中间开办了“读书会”，提倡、鼓励员工读书，他们觉得，作为一名书店的一员，无论是从加强自身修养方面考虑，还是从了解熟悉图书方面要求，都应该静下心来，读几本书，从这个意义上来说，卖书人应该是个读书人。

目前，读书会已经举办了十几期，所读图书既有古代经典也有现当代以及外国的文学名作，既有网络热门博客结集也有商务礼仪必读。通过阅读，员工们渐渐感受到其中的魅力与乐趣，读书的热情也呈稳定上升趋势。

一些极富特色的营销

在进行一些常规的营销活动的同时，安徽图书城还经常会举办一些比较有影响和特色的活动。比如，和出版部门联合举办的一些名家签售活动，有着很大的影响，近年来就有数十位作家、学者和社会名流在书城为读者签名售书，其中有王蒙、阿来、苏童、陈丹青、白岩松等。

书城一直着力于文化皖军的宣传与助推，关注皖籍作家、学者，已经举办过两届“皖籍作家图书联展”，为多位皖籍名家举办新书首发式和签售会，同时，设立“皖籍作家图书专架”，既彰显文化皖军实力，又方便了读者的选购。

书城已经连续三年承办了集团与安徽电视台合作举办的“新安读书月”卖场部分的活动；在每年的暑期，与教育、出版部门合作，举办“暑假读一本好书”活动，丰富了少年儿童的暑假生活；与此同时，择机邀请一些作家、名流走进校园，与同学们进行面对面的交流。

在安徽图书城的管理层看来，书店的店面营销没有做、可以做的还有很多，许多年沿袭下来的习惯思维和经营模式，使得大家打不开思路、放不开手脚，以至于总是徘徊于比较低层次的状态中。当然，图书有着自己的特殊性，这就要求他们不可能照搬一般商场的营销模式，要有自己的创新和特色。

把读者吸引到书店的卖场来，让他们感受到书店卖场特有的氛围，从而达到稳定乃至扩大消费群体，刺激消费、增加销售的目的。这就要求书城要有针对性地开展一些营销活动，比如新书的推介活动，开放式的读书沙龙，与媒体及其他社会团体联合开展一些读书会、报告会活动，在这些方面，安徽图书城都曾经做过一些有益的尝试，并取得了不错的效果。

通过实践与思考，书城人感觉还有很多方面可以做的更深更细一点，很多事情可以把它们做成系列，通过认真、细致、有始有终的营销活动，逐渐总结经验、锻炼员工和营销队伍，最终实现营销的常态化和个性化，并拥有属于自己的营销品牌。

2010 年 8 月，针对卖场晚上 7 点以后卖场的人流量相对较少，安徽图书城联合媒体开办了“周末七点档”读书沙龙，开办之初，书城员工的心里是没有底的，但是读者的反应的确是出乎他们的预料，积极参与、出谋划策、义务服务等等，使得沙龙越办越好，越办越红火。

《1Q84》的翻译者施小炜，《酥油》的作者江觉迟，“金牌编剧”王丽萍，教育专家孙云晓，网络美女写手安意如，央视“百家讲坛”主讲胡阿祥等陆续做客沙龙，给合肥乃至安徽的读者很大的惊喜和意外，有些读者甚至从外地赶过来参加沙龙的活动。这让书城的员工深受鼓舞，同时感觉只要你用心去想、用心去做，就一定会受到读者的欢迎。有新意有内涵的文化活动不但可以聚拢人气、促进销售，更可以提升书店品位和影响力。

一个值得期待的未来

安徽图书城坐落于合肥市最繁华的长江中路，整体外观清雅大方，细节之处充满文化特色及浓郁的书卷气息：大楼东侧墙面的文化墙上镌刻着 100 位历史名人书写的“书”字，店标系我国书法大家启功先生亲笔题写。

安徽图书城尽管整体营业面积不大，但依然保持一楼大厅的宽敞明亮，日常频繁的签售活动，以及“周末七点档”读书沙龙都在这里举行，使其成为合肥城市文化活动的新地标。

书城特别注重人性化管理，把“便捷、舒适、温馨”作为其追求的目标，对于读者的一些随性自我的举动持宽容的态度，使他们有一种放松的心态，把逛书城看作是一种享受。

书城三楼设有休闲茶座，供读者小憩，一些老读者把这里当作他们日常生活的重要场所，朝来暮往，乐在其中。

安徽图书城精品区博古架

随着卖场软硬件的提升，自助查询系统，图书定位管理，更多更舒适的读者阅读和休息的专区或位置，都将一一落实，每一天都在行动，每一天都有变化，为了自身的发展，为了产业的明天，安徽图书城正在努力把大门打开，把读者迎进来。

(2013.03)

(《开卷》2013 年 4 月号专稿，原文名：《安徽图书城——把大门打开　把读者迎进来》)

一包书的分量

一包书有多重，我说的是那种标准件。这个问题对于业外人士来说，也许是个问题，但对于业内人士来说，只不过是张嘴就来的事：40斤啊，这有什么好问的？

当然，按照现在的要求，应该说20公斤或者20千克，但是几十年了，一下子还真难改过来口。不过这也从某个方面说明，我们国家一包图书的标准重量应该是20公斤左右。当然，纸质较好的画册一类的图书，一个包件的分量要重上很多。现在一般书的开本似乎有越来越大的趋势，反映到包件上，就是异型包越来越多，超大、超小，四四方方的，瘦瘦长长的，什么样的都有，其分量自然也是围绕着20公斤，幅度不小的变化着。但是有一点是肯定的，那就是基本上是超不过25公斤的。

这么一分析，大家估计都会明白，一包书似乎不算太重，大多数的成人估计都能够一手就拎起来的。但如果让你一口气拎上个几十上百个包，估计就会有一大批的人败下阵来。如果再是成年累月每天都这样干，那么一定会有更多的人望而却步。

但是就有些人在做着这样一份活，而且这份活只是他们工作的一部分，这些人就是在书店工作的一批人，他们的正式称谓是“图书发行员”，平日里，人们对他们的习惯称呼是：卖书的。时下，在安徽图书城，从事这种职业的，有一百多人。

早就知道在合肥的三大书店（四牌楼书店、科教书城和安徽图书城）中，图书城的人流量最多、业务量最大（是其他两个书店的总和)，但进货的通道却是最不通畅的。按说这么大的一个书城，怎么着也应该有一个像模像样的进货通道啊，宽宽大大，能够让厢式货车一直开进去。

但图书城就是没有，在它开业后的近10年的时间里，员工们每天在书城一楼东侧门的平台上，把一包包的书从厢式货车或者面包车上下下来，码放在一辆辆的小推车上，然后几个人合力，通常是一个在前面用力地拉，两至三个人在后面使劲地往上推，把小车弄上与书城一楼地面一样高的一个月牙形的平台上，然后拉进书城，然后卸下来，按楼层和单号进行粗分，等到所有的书全部拉进来分好、点清、确认货单相符后，再按楼层把包件放上车子，通过大厅的扶手电梯运送到各个楼层，然后拆包、清点、上架。

在这样一个繁复的进货流程中，有两个环节很容易出事、甚至是潜伏着很大的危险。

第一个环节是把装上书的小推车推上月牙形的平台上。因为有着近30度的坡度，如果几个人不能够齐心合力，一口气将车推上去，小车势必后退或者侧翻，伤及员工。另外，前面拉车的那个人(通常是男性员工)必须首先用力将车提起，然后快速倒退着向高处拉，直至月牙形平台。在这个过程中，他必须时刻注意调整自己的步伐，否则，很有可能被小车的轮子压到脚(我就曾经不慎中招)。

第二个环节就是把第二次放上小车的包件通过大厅的扶手电梯运送到各个楼层。因为是读者站立向上的扶梯，小车上去以后势必呈现出45度的角度，小车重心向后，推车的员工必须双手向前，让自己的身体成为一个有力的支撑物，保证小车不倾覆、不往后往下溜，进而不伤及自身和读者。

与此同时，这两个环节无一例外地最容易扭伤员工的腰。

因此，不少人反映、呼吁，要求重视、改善、改变这种状况，因为随着图书城业务量的日益加大，进货通道这个问题显得尤为突出。终于在前两年，经过上级决策机构协调，同意书城使用大厦的一部内部电梯运送图书。尽管电梯面积很小，一次只能够运载一部小推车，而一部小推车最多只可以拉不到20包的书，而且由于大厦楼层多，电梯运行一个来回需要不短的时间，员工们为拉货通常需要耐心等待很长的时间，但总算是消除了一个重大的安全隐患，节省了体力。

第二个问题是在我的手上解决的。我是去年（2010年）8月到书城工作的，在与员工一起下了一段时间的包件后，我想到一个主意，在通往月牙形平台的台阶上搭建一个“月台”，直接和厢式货车的后门对接，免去了员工爬坡之苦。

其实我说到现在，都是以装书的货车能够开到书城的东侧门为前提的，如果因为有车或者其他物件挡住了道路，我们的员工们就不得不从几十米远的停车场用小车把包件一车一车地拉过来，然后才能进行到我前面描述的流程。平常的天气还要好一些，大不了人辛苦一些，但如果遇着一热一冷的天气，那我们的员工可就要遭罪了。

让我记忆深刻的是去年夏天的一次下书，那一阵子的气温出奇的高，由于是销售高峰，到书量也是出奇的大。那天通道又被堵了，员工们只得拉着小车一趟趟往返于停车场与书城东侧门之间。骄阳似火的天气里，不过一会儿的工夫，员工们就个个都是汗流浃背了，我看在眼里，感觉心里很不是滋味。也许是潜意识里所谓的“新闻感”在作祟吧，看着员工们脸庞涨红、挥汗如雨地来来回回地辛苦着，我竟然想到了打一个电话，让在媒体工作的摄影记者朋友过来拍一组照片，让公众了解一下书店员工的这份辛苦。但这样的念头只是一闪而过，因为我觉得，在那一刻，和员工们一起努力地去干，争取早一点把几百包的书运进书城是当务之急。

事后想一想，如果当时真有一位摄影记者在场，拍下那样一组画面，发表出去，没准会感动许多人呢。但我更清楚的是，这样的画面已经深深地刻在我的脑海里。

谁会想到在书店里竟然还会有这样繁重的体力活，谁会料到平日里那些衣着体面的书店员工们还有如此生猛的另一面，谁会清楚从一包书到一本书之间居然会有着如此多的付出与汗水，谁会明白有许许多多的人在文明的进程中并不起眼但却是不可或缺。

有的时候我感觉自己真应该静下心来，好好地写一写书店和书店里的员工，写一写他们的工作、他们的生活，他们鲜为人知的内心世界，让这世上更多的人能够理解他们、尊重他们、爱护他们。

一包书的分量也许不算大，一百包书的也许也不算大，但一千包、一万包、十万包呢？是的，十万包。在安徽图书城，突破这个数字，用不上一年的时间，以后或许还会是300天，200天，因为随着四牌楼书店的拆除重建，更多的读者，选择了图书城。

（2011.02）

有关书的一些事

近来与书的关系日益紧密了，且莫说整日置身于书城之中，也不提前些日子参与接待诸位文坛名流，单就是文友之间的新作馈赠，就让我欣喜得不得了。有些文友的作品，早已有了，一些还细细地读过，可在书城的某个架子上蓦然遇着，竟然还会有一种惊喜的感觉。

那日见到员工的工作台上摞着几本关于西湖旧事的书，便指着问道："知道作者是我们安徽人吗？"员工微微地摇了摇头，有些尴尬。我说："其实也怨不得你们，我如果说出他的笔名，或许你们还会眼熟一些。"

这件小事反映出的是文人许多尴尬的一种，当他的笔名为世人所熟知之后，忽然又在出书时用起了自己的本名，让人误以为是一个新人或陌生人。当然，日子久了，或者名气大了之后，倒也不失为一段佳话轶事，但此刻，少不得要吃一些亏的，特别是在家乡，更有些闷心亏的意味。

也有处理得好的，或者本名与笔名兼用，本名为主，笔名次之，或者索性将笔名一用到底，发文章、出书、参加圈内圈外活动，都是笔名。我省散文名家苏北就是如此，那天，在卖场看到他去年出版的《一汪情深》和春樵兄的《酒楼》紧挨着摆在了中心平台上，觉得有些奇怪，问过之后，知道是新又进来的。

赵焰的新作《在淮河边上讲中国历史》出版的时候，请几位朋友吃了一顿，被文友们戏称为"首发酒会"，每位参加者都有幸获赠签名本。不几日，此书发到书城，才区区几本，大为感慨之余，立马嘱咐业务添加，待赵焰问及、热心读者预定时，已将一切搞定，额外收获一个“表彰”。

“表彰”自然是笑谈，文友的作品，多一些关注是应该的。一本书从写作到出版，其中的不易与无奈，不是外人可以想见的。投入书海之后，如果缺乏宣传与关注，很有可能就会被淹没了，的确是很可惜。尤其那些高水准的书，更是如此。其他地方我们无能为力，自己跟前的一亩三分地再做不好，那就太不应该了。

在我的记忆里，赵焰的作品一直卖得都很好，许春樵的《酒楼》、江泓的《一半明媚　一半忧伤》销得也很不错，闫红、安意如、六六的作品销售更是本本表现不俗。

还有一本书，算得是书城里的“畅销书明星”了，它就是《阅读合肥》，一本 60 人写就的关于合肥方方面面的大型散文集，去年 10 月 1 日首发以来，在合肥地区的门市零售达到 1000 多本，大大出乎了我们的意料。

在《阅读合肥》的作者中，大多数都有自己的作品集在书城销售过，温跃渊和潘小平、许辉和苗秀侠的关于沈浩和农民工的作品新近上的柜，在书城还可以找到他们的其他作品。另外，老作家石楠老师的作品也是常见常新。

前些日子，李传玺到书城，送给我一本他的新作《做了过河卒子》，主要是说胡适先生抗战期间做驻美大使那一段的事情。让我意外的是，竟然是一本准“毛边书”（因为只有上边是“毛”的），一谢再谢之后，突发奇想，如果引进一批本土文坛名家作品的毛边书，不知道会引发读者何种反应，困惑？好奇？欣喜？或者投诉——纸都没有裁开，质量有问题！不过，不管圈外人如何看待，我可有些迫不及待了，自己的下一本书，一定也来它白把本毛边书，跟一回风，过一把瘾，来他个“物以稀为贵”。

（2010.10）

叫醒库房里的书

在安徽图书城的一楼，有一个很小的库房，里面堆满了各种各样的书，除了那些畅销书的复本外，还有不少长年休眠的书。

那可都是一些重量级的图书啊，从定价上看，从几百元到几千元；从数量上看，从一套几本到几十本甚至上百本；从体积上看，从一个个精致的涵套、礼盒到一个纸箱、包件，那可真叫一个多。

因为没有合适的架子，因为没有适当的位置，因为可能要一段时间才会销售一套，因为时常会发生丢失的现象，它们被收在了这里，甚至是从进入书城的那一天起，它们就没有进入店堂。

它们只好待在那狭窄的库房里，一个挨着一个，一个压着一个，时间一久，它们渐渐麻木了，睡着了。

假如有一天，有一个合适的地方，或者有读者问到了，它们也会被书城的员工从书堆里掏出来，和读者见面，被喜欢的读者带回去。但是这必须要有一个前提，那就是书城的员工要记得住它们。因此它们命运的最大可能，是在被尘封了几个月乃至几年后，被原封不动地退回到出版社去。

真是很可惜，真是很不应该。

2012 年的初春，它们的命运发生了一个巨大的变化，它们无一例外地全部被翻找了出来，然后整理得干干净净地摆放在店堂里，书架上、精品柜里、特定的专区里，整整齐齐、满满当当，给读者一个大惊喜。

它们醒了，在新的一年的春天里；它们醒了，在书城员工的觉悟中；它们醒了，等待着与合拍的读者约会，展现出它独特的魅力。

它们感觉很幸运，它们感觉很幸福，书城的员工和读者都这样认为。

(2012.03)

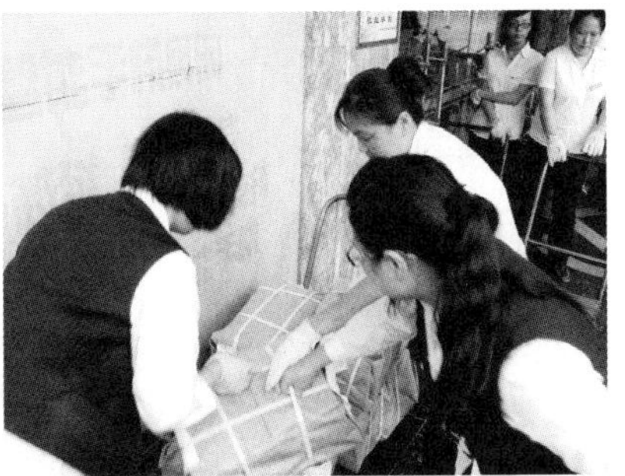

安徽图书城员工搬运一包包图书

在北京逛书店

上周，带着一帮人去了趟北京，前后用了 3 个整天时间，来回都是夜车，两头占，应该是充分利用了时间。

此行的目的是考察北京的书店，因为第一次去北京的人较多，四处转转也是免不了的。

我们是周日早晨到的北京，安排好住处后，一行人直奔西单图书大厦，因为大家都是书城的骨干，可以说都是内行，因而一进大门，便立刻散开，奔着自己对口的目标去了。我因为是多次去那儿了，所以更关注它这两年的变化。一楼中心展台的形式与布局有所变化，架头牌改变了，过去一溜边码垛的地方，改为展示墙了，等等。往上走，也都有或多或少的变化，数码学习产品的区域大了一些，但没有多少柜台，都是些立体的玻璃展示柜，艺术区域变化也不小，其展架更为整齐实用。

其实我说了半天，都是一些枝枝叶叶的东西，总体的感觉没有说，那就是：尽管是周日，但它的人气明显的要低于往年。那种一摞一摞地抱着书，一车一车拉着书的读者明显少了。据有关方面的信息，近两年来，特别是今年，全国各大城市的大型书城的销售都呈现下降的趋势，而像我们合肥一般的中等城市则有着两位数的增长，其中的原因尽管是显而易见的，但还是值得业界及社会认真地研究与思考。因为不是一句话两句话可以说清楚的，这儿便略过不去说它。

我们去的第二个书店是中关村图书大厦，这是一个很特别的书店，因为它特定的地理位置，导致它对于市场有着极敏感的反应，往往是一本书上架不久，就会做出他们自己的判断，补货、重点展示往往也是起着一个风向标的作用，久而久之，也就使得出版部门对其刮目相看。上上下下转了一圈后，发现比起 3 年前，它也有不小的变化，首先是一楼缩减了不少，据说是租给了别人做生意了，过去大量的平铺展示也少了许多，某些布局上的改变暗示着对于那些只看不买并且损坏图书的读者的某种拒绝。

曾经，在中关村，密布着许多国营民营的书店，但随着市场的变化，近几年来，持续消减，实体书店的境遇由此可见一斑。

因为机械工业出版社的缘故，我们还去了百万庄图书大厦，那是一个典型的大卖场小书店，因为经营主体、所处位置等原因，8000 多平方米的营业面积估计也只能够做出一个网点门市的销量，但它对于机工社的图书展示，对于大型的招标、采购的作用却是不可小觑的。

我们是在离开那一天的晚上去的老字号“王府井新华书店”。黄金的位置，略显局促的场地，都妨碍不了它独特的地位与影响。在我看来，王府井书店的主要客源应该是外地的读者，从它的布局与商品的结构上可以看出，他们是因人而异、因地制宜的。在我去过的书城中，它的单层面积无疑是最小的，但它的卖场楼层却又是最多的，连同地下一层，整整 7 层，让人有些难以穷尽的感觉。

我也不是第一次在晚间去逛王府井书店（我经常把它作为我离开北京时的最后一站），因此对于它的感觉是较为准确的，和西单图书大厦一样，这一次，我感觉到了它的一点点清淡。

的确有些感慨，书店特别是大的书店（书城），在一座城市中的作用，远远要比我们想到的要大得多，但我们却往往是 边依赖、要求着它们，一边把手中的钞票递给了网络。我们没有错，我们需要最为便宜、便捷的方式，但我们的确也是不能没有一座座拥有几十万品种的书店（书城），否则，我们的生活将会少了不少的趣味与色彩。当然，一切并不是绝对的，关于这，书店的从业者与读者都应该好好地想一想，怎样做才会趋向一种理想的状态；怎样做，才不至于让一座座大大小小的书城书店从我们的生活中渐渐地消失。

事实上，这样的思考一直伴随着此次北京书店行的整个过程。当我在西单、中关村、王府井的书店里发现了许多位皖籍作家的作品时，特别是当我看到自己的几本书时，看到我曾经为之或多或少地出了一点心力的李海燕近作《灵魂如玉》、李学军散文集《岸边的风景》、五人合集《五虎出列》时，这样的思考便更为展开了一些。一个实实在在的感觉，与各种各样人相遇或者亲密接触，难道不是一件令写作者向往并感动的事情吗？有些意味、有些浪漫、有些温暖，书店的氛围成就的不仅仅是一笔笔清晰明了的交易，更是一段段难以忘怀的憧憬与记忆。

（2012.05）

法兰克福书展之旅

2012 年 10 月 13 日至 21 日，集团组织一行 10 人的参观考察团前往德国法兰克福，参观享誉世界的法兰克福书展，随后又前往法国、瑞士和意大利等国家和地区，考察了那里的出版发行行业及其他文化设施，与当地同行进行了有益的接触与沟通，很有收获。

一个令人难忘的书展

作为一个卖书人，能够有机会去德国法兰克福参观那里的享誉世界的法兰克福书展，是一件很幸运的事情，而今年，这样的幸运事竟让我给摊上了。

我们的考察团是 10 月 12 日启程的，由上海搭乘飞机直飞法兰克福。一万多公里的距离，十二个多小时的不间断飞行，的确是有些辛苦。加之行前一直没有很好的休息，更让我感觉自己无论是在体力还是心理上，都没有做好准备。不过，一想到很快就能够到达法兰克福，便又觉得平静了许多。

1949 年开始举办的法兰克福书展是世界上最大规模、最享盛誉的书展，被誉为“世界出版人的奥运会”。它为来自世界各国的出版商、代理商以及图书馆人员提供一个洽谈版权交易、出版业务及展书订书的场所。

13 日早晨，我们的考察团抵达法兰克福机场后，旋即前往书展场馆，开始我们的考察之旅。因为有导游全程陪同，有地陪事先安排，一切显得很顺利。

初进场馆，并没有感觉到很大的规模和气势，只看见熙熙攘攘的人流井然有序地办理着入场手续，我们随着人流走过一条长廊，抵达展区，旋即被来自世界各地的出版商们的风格各异的展区吸引了过去。

由于语言的障碍，我们没有办法与参展商们进行很多的沟通，但是凭着职业的本能和敏感，我们还是可以感受到外国出版发行业的特色和优势，那一本本或制作精良或轻便易带的图书，无论是在装帧设计上，还是在细节的用心上，都有着我们能够借鉴学习的地方。

许多出版商不但在自己的展区准备了一些精美的糖果点心，还准备了一些精心设计制作的书签和明信片，馈赠给参观者。这些书签和明信片无一例外的都是一些图书的书影、插图、作者及内容的展示和介绍，精巧别致，颇受参会者的青睐。

一些大的展区，不但是展示内容丰富，在陈列上也是颇费了一些心思，不但吸引了人们的眼球，也招惹得人们纷纷拿出相机，噼

作者参加法兰克福书展

里啪啦拍上一通。看来，用心与特色，永远是能够让人们关注与难忘的。我们还在一个名为4D地球仪的展区驻足了许久，在一面由大大小小晶莹剔透的地球仪墙前实际操作、合影留念。

也有做那种现场演示的，把厨房搬到了书展会场，让读者们不但知道怎么做菜，还能够看到、闻到，可谓新颖独特，用心良苦。

但无论是图书展区，还是相关产品展区，或者是色香味俱全的现场演示区域，都是那么的安静、秩序井然，到处人流不息，到处干干净净，人们也新奇兴奋，但是那种挂在脸上的兴奋；人们也交流，但一律是那种低声的、文雅的对话，这让我们这些习惯于（或者是在某些公众场合不得不）大声说话的人，在多少有些不习惯的同时，生发出不少的感慨来。

这么多年来，参加过多次国内各种各样的书展与订货会，论场面论规模，都应该是一流的，但那一个喧嚣与嘈杂，以及无处不有

作者在法兰克福书展展厅内

的广告与图书目录，却每每让人恍然置身于大型商场甚至农贸市场。

由于一直在用心地看着，不知不觉走了很久，看了许多，恍然回首，才发现法兰克福书展的场馆其实很大，一个展区连着一个展区，一个展馆连着一个展馆，那可真是一个书的世界，一个汇聚着全球文明智慧的知识的海洋，徜徉其间，的确有一种流连忘返的感觉。

默默地献上一份敬意

法兰克福不但有举世闻名的书展，还拥有一位举世闻名的大诗人、文学巨匠——歌德，在法兰克福的市中心，不但有歌德的故居，还有歌德的展览馆。

歌德 1749 年出生于法兰克福一个官宦人家，其父亲是皇帝顾问官，外公是法兰克福市的市长。从出生到 16 岁时到外地去上大学，歌德一直住在这座四层小楼里。我们知道歌德写过著名的《少年维特之烦恼》，更知道他的代表作是《浮士德》，但我们之前并不知道，年轻的歌德正是在这座小楼里完成了它们的初稿，肃然起敬的同时，不禁对法兰克福这座历史悠久的城市刮目相看。

让我们感到意外的是，我们看到的歌德故居实际上是一个复制品，真正的故居在第二次世界大战的轰炸中被完全破坏，所幸室内的用具则因为及时转移疏散而幸免于难。战后，法兰克福人对其进行了精心的复原修整，由于技艺高超，被公认为德国建筑修复技术最高水平的杰作。

在巴黎的街头，有一个著名的喷泉，它的名字叫作“莫里哀喷泉”，喷泉的背景是一组雕塑，中间的位置，是一尊莫里哀的青铜塑像。作为一位伟大的戏剧家，莫里哀在世界上享有崇高的地位，在法国，更是受到了广泛的尊崇，从 1996 年起，将每年 4 月作为莫里哀戏剧月，全国各地上演莫里哀的名作。

莫里哀是法国 17 世纪古典主义文学最重要的作家，古典主义喜剧的创建者，有人说在法国，莫里哀代表着“法兰西精神”。《无病呻吟》《伪君子》《唐璜》《吝啬鬼》等名著可谓家喻户晓，歌德曾经这样评论莫里哀：“他的喜剧接近悲剧，戏写得那样聪明，没有人有胆量想模仿他。”但就是这样一位“如此伟大”的人，生前却贫困交加，为了剧团的生计，抱病上台演出，最终倒在了台上。面对着莫里哀的塑像，回味着其不幸坎坷的一生，不禁感叹唏嘘不已。

在法国的时候，还曾在一个名叫贝桑松的城市住了一个晚上。由于旅店位于城市的边缘，给人一种世外桃源的感觉，青山绿水，云雾缭绕，一切是那么的静谧美好。冥冥中总感觉贝桑松这个名字有些熟悉，查阅有关资料，发现他竟是著名作家雨果的出生地，不禁啧啧称奇：在法国，你如果想绕过雨果，还真不是一件容易的事情。比如在巴黎圣母院，人们一面欣赏着有着八九百年历史的宏伟建筑的同时，一面一定会想起雨果同名长篇小说中主人公——吉卜赛少女艾丝美拉达、敲钟人卡西莫多。

我们行程的最后一站是意大利，在佛罗伦萨的街头，我有一种和在法国时同样的感觉，那就是无论你走到哪里，似乎都绕不过但丁这位伟大的诗人。特别让我感到激动的是，但丁的故居，但丁少年时与表妹一起去过的教堂，但丁遇见梦中情人的大桥，各式各样的但丁浮雕、塑像，遍布在佛罗伦萨的各个地方，你极有可能在不经意间，就会感受到他的气息，感受到他那忧郁而深邃的注视。当我们经过市政广场东边的一条幽深街巷，来到但丁的故居——一座古朴甚至有些破旧砖石结构的小楼前的时候，我一如此次行程中邂逅那些文学巨匠们一样，静下心来，在心里默默地回味着他们的身世与成就，并默默地献上自己的一份敬意。

那些风格各异的书店

作为一名图书发行的从业者，在此次参观考察之旅中，将自己的关注点，瞄准那些各式各样的书店，是情理之中的事。在我看来，无论是巴黎新区规模很大的综合书店，还是塞纳河畔一字排开的古旧书摊，或者那些跻身闹市的各种特色书店，以及车站、机场、高速公路服务区与街头巷尾的便利书店，无一不向我们传递着一个信号：只要你适应并且跟上这个时代，那么就一定会有你应有的平台与空间。

通过交流，我们发现，西方的实体书店和我们一样面临着市场和网络的冲击，人们阅读习惯与购买习惯的改变对实体书店造成了严重的影响，但相对于我们，西方的实体书店应该是更早一步做出改变，务实的进货标准，灵活的价格调整，较小的营业面积与充分的空间利用，吸引一批忠诚的读者。另外，一些在旅游区的书店，会拿出很大一部分空间展示诸如旅游图、风光明信片、画册、精致小巧的旅游纪念品等，引得许多游客驻足。

当然，最让人印象深刻的还是塞纳河畔的绵延近 3 公里的旧书摊，晚上，它们是收叠整齐的一个个绿色铅皮箱，静静地待在塞纳河的护堤墙上，白天，把绿箱子上的锁打开，掀起顶篷，就是一个个摊位，箱盖上摆满了书，箱子里则插满了图书或者一些工艺品或者旅游纪念品，任人翻阅、选购。

法国的书店内景

据说这一独特而传统的服务模式开始于16世纪，延续至今，已有400多年的历史，在这些“绿箱书摊”中，有900个铁箱（分属240个巴黎旧书业主）已经被联合国教科文组织列为世界文化遗产。

有人说，塞纳河边的“绿箱书摊”是巴黎古风犹存的见证，与巴黎这座古老而又时尚的文化之都相得益彰。在那里摆着卖的各个时代的旧书多达30万册，有些甚至是很珍贵的古籍。还有许多或许值得有心人收藏的旧期刊、图画、明信片和邮票，可谓琳琅满目，堪称文化艺术品的宝库。

相比起不远处的卢浮宫和巴黎圣母院，塞纳河畔的旧书摊一点儿也不显得陈旧简陋，相反，它们早已成了巴黎这座大都市里一道极具特色的文化风景线。

坚持做，做出自己的特色，塞纳河畔的那些旧书摊和我们一路上见到的形形色色的小书店，无疑给了我们一些很好的启示。

（2012.10）

意大利的小书店

开个小书店

开个小书店，可能是很多有文化的人都想做的事情。我指的是很有个性、很有品位的那种书店。

想做这件事情的人，往往都会是一些没有去动一动经济头脑，只是想圆一个梦、过一把瘾的。该注意的细节，他们往往会忽视，但有些东西他们却精细到了极致。比如他们会设想用一些什么样的书架什么样的灯具，不同的书架与不同的灯光会收到怎样的效果，但他们很少去计算购买这些书架和这些灯要花多少钱；再比如他们会说在我的书店里，一定要有某某诗人某某名家的作品甚至全集，还要有许多书任读者随意翻阅，但他们根本没有想到成本与资金的占用。

因此，当某一天他们大脑一热真的想干起来的时候，资金与大量实实在在的事务，顷刻就能让他们清醒，然后撤退。一条道走到黑的那种人，要么蜕化转变为唯利是图、在良心与法律法规之间打着擦边球的书商，要么就是因生意清淡、入不敷出而关门大吉。

但偏偏有人不信这个邪，就是要开一个书店。因为在他们看来，第一，他们有这个情结，第二，不是没有人成功的，名利双收。这不，又有朋友告诉我，他要开书店。这一回，我除了一如既往动之以情、晓之以理之外，心里感觉有那么一点点底。因为他不是那种单纯冲动型，他有从商的成功经历，还有着一套比较成熟、务实的思路。

但是，在卖书这个问题上，他无一例外地也是那么理想化，那么一厢情愿。

估计但凡喜欢到书店买书的人，对于书店都会有这样那样的不满意吧，除去嘴上说出来的，闷在心里的估计还有很多。但不管有多少的不满，其中一定会有这么一句气呼呼的话："哼，如果我来开一个书店……"

过去，总是奇怪，为什么文人记者们似乎都对书店不满意，一有机会必定要口诛笔伐，言辞激烈。后来想明白了，书店是他们经常光顾、经常要打交道的地方，比起一般人来说，他们对于书店更熟悉，因为他们爱书店，就会在心中对书店持续关注，用文人独特的眼光和情趣去衡量书店，甚至对书店产生恨铁不成钢的感觉。

人就是这样有意思，觉得一个书店这也不好那也不是的，还是要天天往那里跑，因为有书在，因为喜欢书，就会情不自禁地过去。一本书捧在手里，是什么都会忘记的。

再说开书店的事情。这么些年来，不同的人不止一次地问过我，你是否想过开一个属于自己的书店。说实在的，做了这么多年的书店，也曾想过自己退休以后，也来开一个小书店，也是按照自己意愿去做的一间有个性、有品位的书店。前提是有充裕的养老金保障生活，有富余的资金和精力，有合适价位和地段的门面。总体一个字，玩，轻松、愉快地玩。

当然，不会是不上心去做的，只是不必太辛苦，随心所欲地去做，潇潇洒洒，快快活活。

书店的面积不一定要很大，五六十平方就可以了，但一定要是一个上下两层的空间。

下面是门面，原木的书架，按照独特的方式分类摆放的图书，中间摆放着一些全玻璃的柜台，用于展示一些珍本图书，还有一些雅致的商品或者收藏品，比如各种的藏书票、书签，各色的有画面的明信片、扑克，一些小挂件，一些小摆设，等等。

上面是会客聊天的地方，沿着墙是一圈存放库存图书和物品的货架，加上的整件或者零散的图书一定是有条理地放置的，屋子的中间，是一圈舒适厚重的沙发，实木布艺，茶几上下放着各种茶叶、饮品及器皿，不张扬，不奢华，实用、耐看。窗户的下面，要有很多花花草草，以方便打理的常青植物为佳。如此，有新朋老友，楼下看书选书，楼上喝茶聊天，生意照做，朋友照交，惬意舒心。

当然，靠近窗户的某个角落，会有一套简易的桌椅，闲暇时候可以写写小文章，网上贴贴，多了以后，出一本书（那时候出书应该是比现在还要方便得多了），然后，就放在自己的书店里，任人索取，或者有买家愿意付钱的，那么就放一个大的陶瓷老虎储钱罐，任他们随意往里塞着。至于为什么用老虎储钱罐，你退出门外往上看一看就会明白了，因为那上面的一块木头上写着五个字：打盹斋书屋。

（2011.06）